跳舞的星座

〔日〕 青山七惠 著

林青华 译

上海译文出版社

目 录

矮
脚
鸡

今天早上，当那个自行车差点撞上我的男初中生俯视着滚落路边水沟的我、啧啧称奇并顺带致歉"对不起"时，我想起了奶奶养的矮脚鸡。

矮脚鸡养在奶奶家屋后。

那是个一整天都晒不到太阳的地方。那地方并不是后院，只能称之为"屋后"；树木繁茂不堪，乱挤乱长；仿佛一块堆放了很久的落叶堆，寒碜得会让过路人大皱眉头……拼命生长的树木叶子密密麻麻，空气流通极差。再往里是一片晦暗，看不真切。

房子正面是一条两车道县道，禁止超车。从那里拐过来的小路通往后门口。后门口放着旧蹭鞋垫，凹凸不平，一裁为三，对着树木丛的昏暗处摆成一长串。下过大雨的时候，不知何故那些蹭鞋垫就会变得湿淋淋，树木丛里头会流出浑浊的水，一流起来就好些时候都止不住。水流弄脏了小路的沥青。奶奶给水龙头接上软管，冲刷那些脏水，水雾制造出一片彩虹。等冲干净了，她就丢下水管，弓腰钻进屋后树木丛中，不见了人影。她是牵挂那些矮脚鸡。

矮脚鸡养在树木丛中的笼子里。

最开头，我是被抱着看的。我在屋前玩耍，奶奶对我说："我去神社，拿酸浆果来。"我爱听奶奶吹酸浆果，她把掏空的酸浆果灵巧地衔在嘴里，吹出"哔哔——"的声音。那么想着，被乖乖抱了起来；在后门口，奶奶转了个方向，是一个不自然的角度。我说："放我下来，我自己走！"奶奶没放开我。"不要不要，奶奶，我不要嘛！"奶奶弯下腰，踩在第一块蹭鞋垫上。"不要不要，奶奶，我说了不要嘛！"喊叫着，视野就暗了下来。"咯咯咯！"耳中传来奇妙的声音，随即，从没闻过的、咸咸的气味扑鼻而来。我心中一紧，闭合双眼，屏住气，把脸埋进奶奶的肩窝。

来吧，瞧瞧吧，快瞧瞧呀！好可爱呢！瞧瞧吧！

奶奶晃着我的身体。最初轻轻摇，渐渐大胆地摇。

我手脚并用，拼死搂紧了奶奶，不要被她放出去，一直把脸埋进她的肩窝里。过一会儿，摇晃停止了。就在我安心地松开手脚的瞬间，奶奶从上按着我的脑袋，像拧瓶盖一样让我的脸朝向正面。惊吓和气愤让我睁开了眼睛。

草木覆盖之下，眼看就要垮掉的格子笼里头，一些圆滚滚的东西集结成一团，干巴巴，又暗又脏。某一部分像一大团粪便，在笼子中央一动不动。某一部分从那团东西扯开来，从笼子的一头走到另一头。在这团东西的边上，黏糊糊的、发亮的黑红色在颤巍巍地摇晃着。

"这就是矮脚鸡啦。"

我发出一声惊叫。奶奶抱着我弯下身子,要打开笼子的锁。我又发出一声惊呼,手脚乱蹬,手背都乱打在最爱的奶奶脸上了,脚也踢到奶奶肚子,可不知为何,奶奶就是不放开我。好一番挣扎之后,我终于摆脱了奶奶的胳膊,一溜烟往光亮处跑去。

在最后一块蹭鞋垫处,我脚下一滑,以滑垒的姿势,脑袋朝前往小路飞出去。正好母亲的车子从大门口的县道拐进来,差一点轧到了我。

屋后那边非常热闹,又臭又暗。

补充一下:那么昏暗潮湿的地方,肯定很多毛虫。我害怕矮脚鸡。可毛虫更加可怕。想多了,会害怕得全身哆嗦。

虽然这么说,当我专注、细致入微地思考可怕之物时,就会变得有些精神。现在和从前都觉得这一点实在是不可思议。

奶奶喜欢叫"地狱"的食物。

这种食物的名字就像开玩笑,但奶奶并不在乎。她极普通地说一声"中午吃'地狱'吧",又极普通地吃掉了。

所谓"地狱",是一种简单的小吃。做法是在煮好的、热腾腾的细面条上,撒上五香粉,到看上去通红的样子，再浇上热面汤就行。"地狱"的说法谁也不懂。跟谁说，人家都说没听说过那种食物。肯定是奶奶出生的乡下的叫法吧。在那个家的时候，我也常吃"地狱"。吃起来辣辣的直冒汗。

第一次看见矮脚鸡那天的下一个周末，或者再晚一点，午饭时端来的"地狱"上面，放了一个闪闪亮的黄色鸡蛋。

"这是矮脚鸡的蛋。"

奶奶说道。

我不想吃矮脚鸡的蛋。吃鸡蛋的话，一般的鸡蛋就好了。矮脚鸡的蛋腥腥的样子。一想到这颗蛋来自屋后那地方——不，是刚从屋后取出，还浑身热乎的样子，就怎么也不想看、不想吃、不想闻它的气味。可我还是看了。

蛋黄呈现出一条圆圆的弧线，饱满而有弹性；周围铺了一圈蛋白。透明的蛋白起着镜片的作用，把它下面撒满的五香粉细粒放大了。原以为五香粉是通红的，仔细一看，有绿色的颗粒，也有黑色的颗粒。

我还在观察，奶奶从饭桌对面插入一双筷子，把鸡蛋搅拌均匀。鸡蛋起了泡泡，跟五香粉和面汤融合到一起，大海碗里面呈现了矮脚鸡的颜色。

"嘀嘀，真好吃。"

说着，奶奶的大海碗也变成了同样的颜色。鼻子和嘴唇之间也沾了一点那种颜色。

到了傍晚，奶奶说"我去取鸡蛋"，就走出了厨房门。

我害怕一个人留在家里，赶紧穿上鞋子去追奶奶。奶奶哼着歌儿，驼着背，踩着蹭鞋垫，消失在屋后的树木丛中。我在那块蹭鞋垫前止了步。

树木丛中，时不时传来"苦哇——"或者"嘿——"的鸣叫声，是人的嘴巴发不出来的、嘲讽般的声音。"奶奶？"我喊了也没有回应。我越喊，那些鸣叫声就越响亮。

我双手捂着耳朵，一边大声唱自己喜爱的动画片主题歌、脚下和身子配合着跳舞，一边等着奶奶。我那时在上一个爵士舞幼儿班，打算将来成为一个很棒的伴舞。

矮脚鸡不断地生蛋。

每次来玩，就看见客厅被炉上摆的鸡蛋方阵在扩大。

"咯咯咯地生蛋，赶都赶不了。我又得去取啦。"

奶奶说家里都吃不了了，拿毛巾垫在筐里摆好鸡蛋，挨家分给邻居们呢。

我们家里面，不仅有奶奶，还有爷爷，还有小猫小狗。不过，难得一见爷爷的身影。他一早开一辆白色轻型货车外出，到了晚上都不怎么回来。二位老人加上一只狗、两只猫、矮脚鸡，感觉还有某些更小的生物……共同挤住在客厅兼作寝室、厨房连着浴室的一所狭小平房里。

狗的名字是太郎，它拖着后腿，嗷嗷叫不停。人要摸它时，它就很暴躁，所以几乎不带它散步。谁也不喜欢它，不明白怎么还养着。小时候我对狗不怎么感兴趣。长大之后，突然感觉到狗的魅力。我觉得什么狗都可爱。尤其喜欢伯尔尼兹山地犬或者圣伯纳犬那样的大型犬只。每次路上遇到这样超大的狗，我都惊喜痴迷，太郎肯定无法理解这样的我吧。可怜的太郎很早就死了，但是在什么时候、怎么死的呢？我感觉路上的伯尔尼兹山地犬或者圣伯纳犬知道我忘记了太郎临终的情况。我觉得它们在责备我。不过，它们会宽恕我吗……那时候，我喜欢的是猫，不是狗。

有两只猫，一只叫俺，虎斑猫。另一只叫小奴，波斯猫。俺不喜欢小孩子，只要听见我的脚步声，就夺门而出。跑得慢的小奴便落入我手中。我不管小奴的抵触，又抱又抚，或者抓来昆虫丢给它，看它的反应，闻它的掌心、咬它的后背。猫儿极少会咽喉咕噜咕噜响。

头一次见小奴，是在超市稻下屋。

奶奶和弟弟们挤在妈妈的车子里，去稻下屋买做晚饭的东西时，奶奶躲开其他人，喊我的名字。我走过去，奶奶轻轻提起烹饪服的衣兜，让我窥看里头。衣兜深处是黑乎乎的一团，是一只银色小猫。它小小的、圆乎乎的，像一块湿抹布似的。小猫抬头看我，"喵喵"地叫。

"是只波斯猫哩。"

那一瞬间，奶奶光彩照人。

虽然我老早前就非常喜欢奶奶，但是在这个瞬间决定下来的。我决定，全世界我最崇拜的就是奶奶。我发誓，终有一天我要成为这个人的孩子。这个决心清晰地留在了我自己的心里。在那之后不久，我每个周末，都坐着妈妈的车子离开两个弟弟，独自一人被托付在奶奶家。

我有两个弟弟，二人是异卵双胞胎。

我们相差三岁。听说会有双胞胎弟弟时，我很高兴。不过，他们如我的期待出生之后，到即使大一点了，仍不理睬唯一的姐姐我，所以我在家里头总感到挺孤单的。

可在奶奶家就不同了。我是爷爷奶奶的长孙。爷爷奶奶尤其是奶奶溺爱我，我相信自己是世上独一无二的、特别的存在。正因为这样，我现在格外孤独。

"矮脚鸡的蛋不好吃。"

最初和我一起对矮脚鸡大皱眉头的妈妈不知何时也消失在屋后了。双手满满捧着鸡蛋回来的妈妈总是浅笑着。

妈妈拿回来的鸡蛋跟奶奶每天拿回来的鸡蛋，颜色和个头都不同。没准那蛋不是矮脚鸡的蛋，也许是二人分别在屋后生下的蛋吧？我只是想了想，没打算说出来，妈妈却突然红着脸说："不是我生的。"

"你也去拿些回来。屋后还有好多呢。"

我假装没听见。我用奶奶自制的狗尾巴草逗弄小奴时，妈妈从厨房拿来一个空的草莓盒子，在上面铺一块手帕，小心翼翼摆上鸡蛋。然后，她又朝我说了什么，我依然硬装没听见，背向着她。不一会儿，小奴玩腻了，一下子跑出门了。我回头一看，见草莓盒子空着，妈妈双手又捧起了满满的鸡蛋。

"摆一下试试？"

妈妈跟我默默对视着。这时，去邻居家派发鸡蛋的奶奶回来了。

"吃了晚饭再走？"

奶奶建议道。

我扑向奶奶，夺下她手上的篮子。篮子里满满地放着用鸡蛋交换来的蔬菜和点心。我从中单单选出巧克力点心，这时，妈妈说：

"我想吃'地狱'好久啦。"

我跟奶奶中午也吃了"地狱"。奶奶站起来，开始煮面条。上桌的大海碗满满的，跟中午一样，顶端也有一颗矮脚鸡的蛋，晶莹透亮。

"普通的鸡蛋好。"

我的嘀咕被无视了。正小心避开鸡蛋吃面时，妈妈的筷子从一旁插进来，跟奶奶做法一样——不，比奶奶搅得更猛，咕噜咕噜，大海碗里仿佛卷起了漩涡。

我好想哭，但一直忍着没哭。我鼻尖冒汗，手握筷子拼命吃"地狱"。

"这样没节制地猛生，身体会受不了的。"

奶奶去稻下屋，到废物利用的角落拿了好多透明的鸡蛋盒子回家。

"得出货啦。"

这阵子，"地狱"上搁的矮脚鸡蛋增至两颗，不再是一颗了。碗面上平摊不下两颗蛋，所以就摆成了两边对峙的形状，或者把鸡蛋摆成好像在监视我的样子。这种事必须尽快结束才行。

在奶奶去屋后取蛋时，我打开电冰箱的门，在整整占据了一层的鸡蛋里拿起一颗。

鸡蛋凉飕飕的。

轻轻握在手里，感觉到自己的体温转移到蛋壳表面，有一点点暖和了。我有点厌恶地把蛋握在手心，感觉与其说我在对它施加影响，不如说它也希望我抚摸它似的。姑且不论矮脚鸡……这个蛋本身挺棒的吧。形状好，滑滑的，分量恰到好处……

盯着它看，一下子产生了怜惜之情。我忍不住张开双唇，伸出舌头，舔了舔蛋壳。就在这一瞬间，那嘲弄似的腔调、极讨厌的鸡鸣声响起来，打破了我跟鸡蛋的首次结合。

我慌忙跳上椅子，从面向小路的水槽的窗户探身外望，只见一只毛茸茸、胖墩墩的茶色矮脚鸡，在路中央挺胸昂首，蹦跳扑扇。

随即见奶奶不知从哪里冲出来，要扑住矮脚鸡。矮脚鸡躲过奶奶的手，发出怪声，往小路深处逃去。它每跑一步，身子都笨拙地摇晃着，但脚下惊人地快。途中，矮脚鸡出其不意地来了个急转弯，从奶奶脚下冲过，返回来路。有点罗圈腿的奶奶反应不及，要抓矮脚鸡的双手按在地上。等她站稳了，便一百八十度改变方向，紧追矮脚鸡而去。

矮脚鸡伸长脖子，一条直线地猛冲，那鸡冠和鸡尾的长羽毛如招展的大旗。另一方面，紧追不舍的奶奶累惨了，拼命张嘴喘气。这时我才察觉，刚才发出怪声的是奶奶。

奶奶有危险，我得紧急增援！我连忙下了椅子，穿上鞋子，跑出外头，转往小路。

这时，那边的争斗已经结束。我最喜欢的人站在那里，带着和往常一样的、温和的笑容。

奶奶胸前紧紧抱着那只茶色的矮脚鸡。

矮脚鸡厚厚的红鸡冠触碰着奶奶的嘴唇，奶奶把脸挨碰着矮脚鸡脸颊的地方。

"想散步吧？"

奶奶说道。

"可大家都等着呢。最重要的是大家伙儿。就自己一个到处跑可不行哩。"

"嘘——哩、嘘——哩。"奶奶一边嘴里发出声音，一边抱着精疲力竭的矮脚鸡，消失在屋后的树木丛中。

矮脚鸡继续生蛋。好几只试图逃走，每次都是奶奶及时冲出来。"地狱"上面铺的鸡蛋成了三颗。

"你去取一下鸡蛋吧。"

一天傍晚，奶奶终于说了。

"我不干。"

我拿定主意。

"奶奶现在忙不过来。"

"不想去。就是不想去。"

奶奶停下洗土豆的手，没说话，挺伤心的样子。我不放弃，但也不想我崇拜的、最爱的奶奶露出这种表情。

"现在应该生下好多了。不去取走，它们就会住得不舒服，都得病了。"

"奶奶去就行了嘛。"

"奶奶现在手上没空。"

奶奶那么说着，水龙头下洗土豆的手仍旧停着。而她俯视我的神色，与其说是伤心，不如说是遗憾的。与其说是遗憾的，不如说是讨厌的。与其说是讨厌的，不如说是怜悯的。

"说真的，奶奶也是矮脚鸡吗？"

"说什么呀！奶奶不是矮脚鸡，是矮脚鸡的朋友。"

"矮脚鸡就是矮脚鸡，成不了朋友的呀。"

"小奴虽然是猫，也是你的朋友吧？"

那只小奴，此刻正在佛坛的紫色坐垫上，盘作一团，睡得很香。

"你跟小奴去吧。"

我抱起猫，走下泥地，穿上新买的粉红色胶鞋。这种鞋和动画片主人公穿的是一样的。小奴醒了，不高兴地活动着手脚，想回到原先的地方。我紧紧地抱着它，不放它走。虽然这猫确是重要的朋友，但到了关键时刻，我是乐于牺牲友情的。到了室外，小奴乖一点了；它把前爪挂在我毛衣的锁骨位置，稳定好姿势。

脚下已经到了第一块脏脏的蹭鞋垫边上。里头透出"咯咯咯"的鸣叫声和那种咸咸的气味。

"因为我得拿走鸡蛋嘛。"

我不是爱跟动物说话那种孩子。所以那时不知不觉就跟小奴说了起来、而小奴作出反应、带粉红色的银色耳朵抖动了一下的时候，我十分难为情。我回头看，确认那里没有人。只听见洗土豆的流水声。

我踏上第一块蹭鞋垫。然后踏上第二块。迈向第三块的途中，我一咬牙钻进了树木丛中。我屏住气，低着头，尽量不触碰树木的枝叶，弯着腰一口气钻进树木丛深处。那里很快就开始了雄浑的大合唱："苦哇——！""嘿——！"我一抬头，就看见好多好多矮脚鸡，各自占据着几乎垮掉的笼子的一格格网眼。

压抑着的恐惧崩不住了，我差一点昏迷过去。

（我一定要拿到鸡蛋。）

可我硬是下了决心。

"我一定要拿到鸡蛋。"

我说出了口。

小奴紧张起来，露出爪子，竖起了毛。我松开手，放走了它。小奴逃走时前爪一扬，在我下巴猛划了一下。我看见笼子边上有用 S 形铁丝上锁。我用手指捏着铁丝，拿走它，略微打开了笼子的一边。

"我一定要拿到鸡蛋。"

我欠着身子，钻进笼子。能感觉波浪似的动静，矮脚鸡在往后退走。在狭窄的笼子里，鸣叫声越发在耳边震响。这些噪声形成的声浪波长时而错位、时而重叠，一直在另一个地方产生了轰鸣。

"我一定要拿到鸡蛋。"

我欠着身子往前走，将矮脚鸡往里头赶。

矮脚鸡挤成一堆，继续往后退走。从鸡群向各处延伸的、形状像挤出来的奶油尖儿的头部，以同样的节奏前后摇摆。我又迈出一步，就听见脚下传来小小的"啪嚓"声。我轻轻抬起鞋子，只见踩破了一颗蛋。一瞬间，膝后被猛撞了一下。与此同时，前面的矮脚鸡群往两边分开，如同摩西渡海似的。我脸朝下扑倒在鸡群让开的空间里。

我需要一点点时间。

我手肘撑地，抬起头，用手去摸被袭击的膝后。有湿漉漉的感觉。我不知道那是自己的血还是矮脚鸡的唾液。总而言之湿漉漉的，很脏。不单膝后，全身都脏。耳朵里头好像堵住了，什么声音都听不见。我呼出一口气，闻到与吸入空气同样的气味。心里平静得不可思议。身上没有丝毫力气。我放平手肘，脸完全贴着地面。于是，蛋壳清凉、滑溜的触感在干涸的舌尖复苏了。我悠然自得地俯卧着，只是轻轻向后扭头。

是一群矮脚鸡。

矮脚鸡围着我，打量着我，神气地左顾右盼，厚厚的鸡冠红红燃烧着。一只发出了长长的、含混的鸣叫声。另一只接着鸣叫。声音交缠，形成了巨大的声波，晃动着笼子，那种轰鸣的高音不知又从何处传来了。即便用手堵住耳朵，那种轰鸣也从内部压迫着鼓膜。轰鸣逐渐变得锐利，与其说是声音、不如说更接近疼痛。当痛楚渐渐变成了麻痹的瞬间，无数鸡冠同时"咔"地打开，半透明的微温液体"哗哗"地流到我身上。

发出惊呼的同时，我被踩踏着、被尖嘴啄着、在鸡尿粪里打滚。好一场死斗。我拼命挣扎，好不容易揪住了一条鸡腿，使劲把它从巨型鸡群中"噗嗤"地拽了出来。然后我四肢爬动，终于逃出了鸡笼。我站起来，抱着一只矮脚鸡，拼命朝光亮方向跑。然而，就在我要踏上第一块蹭鞋垫时，那只矮脚鸡猛踹我的侧腹，伤痕累累的我弯成了九十度，滑出了垫子，摔在了小路上。

这时，妈妈的车子从大门外的县道拐进来，我又差点被那车子轧到。我被抱上车子，人事不省地拉回家。

奶奶直到去世一直在养矮脚鸡。

有一天，一位邻居来取鸡蛋，她在屋后的笼子里发现了倒下的奶奶，叫来了急救车。

七七之后，矮脚鸡被卖掉了。经营业者过来砍伐了屋后的树木，拆掉了鸡笼。爷爷打算把那里用作停车场的，但怎么算空间也仅够纵向停两辆车，计划很快受挫。

"变得好冷清呀。"

爷爷那么说着。九年后，爷爷因心脏病与世长辞那天，我经过一番死斗之后拽出来的矮脚鸡，在我家院子里生了一颗蛋。

烟

幕

我搭乘电车，来到郊外的街市。

　　闲静的住宅小区，有一排排低层公寓楼和带院子的独户小楼，其中一座灰色宅邸尤其引人注目。围住院子的厚墙之高，远超一个大人，简直就像一座要塞，厚墙到处镂空为扇形，可以看到里面的情况。嵌在木门上的石板门牌，形状和大小恰似一块半平鱼肉饼，上面深深刻着"田宫"二字。

　　门上既没设铃铛也没安装蜂鸣器，喊门的办法只有一个：一边用拳头砸门，一边大叫大喊，"田宫先生，早上好哇！"如果边喊"田宫先生，早上好哇！"边继续用拳头砸门时从墙壁孔洞往里看的话，就能看到田宫老人出现在三层的露台，一身运动服打扮，手拿球棒，俯视着这边。"田宫先生！早上好！"我鞠躬施礼，再抬起头时，老人已背过身去，开始练习挥棒。嗖！嗖！每次挥棒，田宫老爷爷的上半身都看似转了二百七十度，这怎么可能呢？准备挥棒时确实背向这边，挥棒之后，就能看见他的右边侧脸。我一边通过孔洞窥看，一边继续用拳头敲门。门突然打开了，出现了面带倦容的年轻女主人。

我跟随她走进院子，只见年老的大丹犬深雪和文田肚皮贴在草地上，耷拉着脑袋，和蔼地注视着我。我也回看它们。这个家里欢迎我的，只有它俩。昨天在药店为它俩买的"老犬点心"，此刻在我夹克内兜里沙沙作响。

"深雪正拉肚子呢……"

年轻女主人嘟哝着，走过种满了梅树和松树的通道。玄关门廊里，放在藤椅上的格子花纹膝毯一半掉在地上。年轻女主人拿走膝毯坐上去，慢慢地捡起散落脚边的《时尚》杂志。

"便秘和拉肚子，一直反反复复啊。"

"我看哪里说过，拉肚子也是便秘的一种。"

"狗也用狗的方式感觉到衰老了吧……我最近感觉怪怪的。"

年轻女主人在膝上摊开杂志，随即把两只手放进胸口处呈心形的围裙兜里，闭上眼睛。

"经常觉得胸闷。老做噩梦，总是睡不好。"

"……"

"在梦里，我总在岗亭。我是巡查部长，身穿厚厚的、硬邦邦的制服，手拿警棍，叉腿站立在岗亭前，守望着街市……不过，现实里那是我从前的恋人。他当了警官，跟女警同事结了婚，据说现在是三个孩子的父亲了。如果我跟他结了婚，恐怕此刻我要么正在精心制作便当，要么给奶瓶消毒，要么在缝补袜子吧。我就不会在这种地方，一早就悠闲地坐在椅子上了……不过，我虽然这样子坐着，心里也忙碌着。要做的事情一件接一件，堆积如山，一个人实在做不了……我经常在想那位女警同事。想个没完时，就觉得那位女警同事其实就是自己吧？于是，夜里也无法安稳入睡。"

"太太，您做什么运动吗？"

"运动？"

"一天用十五分钟运动身体的话，就能睡好啦。正好现在处理库存，有折价的爵士舞鞋。非常轻便哩。如果您有兴趣，下次我拿样品过来。尺码二十二点五合适吗？"

"你是说，让我穿着鞋睡觉吗？"

年轻女主人睁开眼睛，瞪了我一眼，站起来，走到狗那里去了。

我走进开着的门，站在脱鞋处，向着里头喊："有人吗？"没有回音。这个家的人对于来过一次的人真是满不在乎的。新来者要入其门太难了；可一旦进入过一次的话，也就没那么难了。我进这家的门花了八个月，我的前任花了一年零五个月。我前任的时代，开门者不是现在的年轻女主人，据说是个模特似的高个女子，将头发剪成一样长短的发型。还说她的肤色是奶茶色，呼气有煮胡萝卜气味。这位前任告诉我"那个美女是田宫老人从前的俄罗斯恋人生的女儿"，等等。他某天突然说"我去做个健康检查就回来"，就头也不回地离开公司，跟客户拉美舞蹈班的讲师一起下落不明了。在员工们中间，这件事一直是午饭时的话题，而我总觉得那位拉美舞蹈班的讲师，就是生活在这个家的、奶茶肤色的美女。

因为一直没有回音，我就脱鞋进房间。我穿着带来的黑白相间方格花纹拖鞋，穿过长长的走廊，往一向被带去的饭厅走。还是上午，周围却微暗，很特别。走廊深处的饭厅开着门，空无一人。八人餐桌上丢弃着吃过的、乱糟糟的六人份早餐。我在那里等了一会儿，不见有人的动静。闲着没事，我就把带来的包和纸袋放在地上，开始收拾桌上的残羹剩饭。

"我妈妈呢？"

我闻声回头，见一个女孩子站在饭厅入口，手里拿着纺锤形面包似的东西。这孩子是刚才的年轻女主人的独生女，据说名字叫小直。

"小直，奶奶在吗？"

"咋会在嘛。"

小直横穿房间，往后面的巨型浅绿色沙发上一躺，双脚架在靠背上。裙子掀到了大腿上，仪态实在很糟，可这孩子也是我的一个重要客户。与其让她形成端坐的习惯、把脚型弄歪，不如就那么随意摆，这样对跳芭蕾好。这孩子已经从我这里买了三条芭蕾舞裙、四双舞鞋、七件紧身衣裤和一套少女用的化妆工具。

"小直，之前的演出会怎么样？"

少女沉默了。她啃着面包，眼睛一直盯着这边。我继续埋头收拾桌子。小直走近来。

"哎，我妈妈呢？"

"你妈妈在玄关。"

"她在干什么？"

"好像在照料狗。"

"我想养蝶耳狗，可妈妈说因为有深雪和文田，所以不行。"

"老年的狗必须很小心照顾呀。"

"为什么？"

"因为老年的狗很聪明。"

"你说话怎么那么无聊嘛。"

我一回头，见一块面包砸了过来。我下巴被击中，身子一晃，双手撑在桌面上，却正好按在了吃剩的西式炒鸡蛋的碟子上。哇！我不禁喊了一声。小直看我手上沾了蛋液，大笑起来，手舞足蹈地跑出了饭厅。

我把食具都搬到水槽，取肥皂洗了手。从水槽前横向的窗户，可以将大门口看不见的南边庭院一览无遗。

在正面围墙的内侧，淡黄色的木香蔷薇开得正旺。看它一眼，起床后一直不佳的心绪一扫而空。我非常喜欢木香蔷薇。只要看着它，人心就不会变坏。因为木香蔷薇的盛开，这个国家的春天看不见地狱。不论多小都行，我什么时候会拥有一间带院子的房子呢？一旦拥有那么一个家，我就会让围着院子的围墙爬满木香蔷薇，让它们尽情开放。

正面庭院种植了许多树木，都是寓意好的松树梅树等。这里宽阔的后院则不同，除了木香蔷薇，没有显眼的树木。蔷薇前面只有一大片葱绿的草地。在围墙和家之间的中间位置挖了一个洞，大得刚好能放入一辆小型货车。之前，田宫老人颤巍巍指着说，要趁着冬天在那里面放水。据说放了鱼，水面结冰了，就能凿洞钓鱼了。还说钓完鱼，冻得更结实了，就可以让小直溜冰了。那洞里现在堆放着钢管折叠椅。

"那里掉了块面包。"

一留神，我旁边站着文田先生。他是田宫夫妇的儿子或者外甥，这位文田的名字是来源于那只狗还是那只狗的名字来源于他呢？或者同一屋檐下生活着同名的狗和人纯属偶然呢？

"挺不错的样子，我洗洗吃了吧？"

文田先生摇晃着 T 恤衫紧包着的圆肚子，笑嘻嘻地把一块面包伸到水龙头下。

"那块面包是刚才小直在吃的。"

"是小直吗？那孩子挺傲气的。"

"太太在吗？"

26

"在啊，大概。"

"我约了太太的……"

"你是要我喊她过来？"

"嗯，那个……"

"我的袜子拿来了？"

我拿起放在桌下的包，从塞得紧紧的商品图录空隙寻找袜子。我的包里常年备着商品图录，商品图录的左边开了孔，裙子、鞋子、紧身衣、服饰用品、舞台化妆用具、帽子、假发、塑身衣的图片都用黑绳子分类绑好。我现在的工作，就是上门推销上面登载的舞蹈用品。上次来访，我跟文田先生约定带运动袜子过来，那是一种使用有机棉的高级袜子，售价三千六百日元。昨晚我在办公室确实收好了的，但最终没有找到。

"十分抱歉。我尽快带过来。"

"拜托啦。我这个春天就要开始减肥，所以你下次一定要带来啦。"

文田先生走了，他的屁股兜插了一根浅褐色的、警棍似的东西。不对，那不是警棍，是他刚才捡的纺锤形面包——我回过神来的瞬间，就看见小直从廊下冲出来，叫喊着：

"着火啦！"

我用包抵挡着挥舞拳头砸过来的小直。

"小直怎么啦？着火了吗？"

27

"着火了呀！"

"真的？哪里？"

"是爷爷的房间啊！快！马上叫警察来呀！"

"发生火灾不是喊警察，是喊消防员！不过，得先核实是不是真发生了火灾。"

"笨蛋！再磨蹭全都死翘翘！"

"啊，可是……"

"笨蛋！赶快！"

我出了饭厅，正要登上通往二楼的楼梯，这时小直又跑过来，张开手脚舞得车轮似的，拦住我不让过去。

"你赶紧叫警察呀！跑一下就到了，快跑呀！"

"不是火灾却喊警察，人家会骂的哩。"

"你因为怕人家骂，就让我们全死掉吗？快啊，赶紧去呀！"

小直突然一弯腰，一再使出掌击的招数，转眼间将我推至脱鞋处。然后把一双别人的沙滩凉鞋套在我脚上，滚大木头似的将我推出大门口。藤椅上没有年轻女主人的身影。也看不见两只狗。

"赶紧叫警察！"

我被推得晕头转向，回过神来，已两手空空站在大门外了。我想直接回家算了，但我脚上穿着沙滩凉鞋，夹克兜里只有狗粮，除了岗亭我又能去哪里？

岗亭前，站着一位胸板厚实的年轻警官。岗亭里坐着另一位相同打扮的男子，他稍微年长，正趴在桌前专注地写东西。

"不好意思，冒昧向您请教。"

"是！"站立的警官面无表情地转向我。

"附近一家人发生火灾，他们让我立即喊警察过去。可以请您一起过去吗？"

"火灾？"

"虽然不像是火灾……但那家人说是火灾，不听我说。您可以一起过去看看吗？"

"你是谁？邻居吗？"

"我是上门联系生意的。"

"是哪家人？"

"是二丁目的田宫先生家。从这里跑过去的话，就是两分钟左右，很近的……"

"哦，是那所大宅子吧。"

警官向里面的人打声招呼，一挺胸，以雄赳赳的步伐开始了巡视。我慌忙跟他并排走，但似乎警官不喜欢跟市民并排走，他马上一步跨到我前面，我们一前一后移动。

至田宫家约四分钟路程，我们在住宅区狭窄的小巷跟两辆小轿车和一辆快递货车擦身而过。我紧跟警官，走得很轻松。从没听说过跟巡逻警官一起走的市民会遇上交通事故的。照这模样，无论是走到关门海峡还是多瑙河河畔，只要跟着警察走，就不用担心被车轧到。

打开电视机或者互联网的新闻网页的话，全世界的自然灾害、杀人抢劫、恐怖事件随即扑面而来，巨细无遗。每一条新闻都悲惨而荒谬，令人目不忍睹。尤其让我浑身发冷的是交通事故的新闻。我老早起就很粗心大意，骑车时骑着骑着就走神了，不看前方而是看着车把中间，经常摔倒在侧沟里。平常走在路上，也经常惹得汽车猛按喇叭。每次看见街上岗亭显示"昨天交通事故死亡０人"，我就大松一口气。尽管人生不易，但要在这种个人无法抵抗的交通时代生存下来，必须得瞻前顾后、左右小心，才能走好眼前的路。

返回田宫家，大门上了锁。说来，看见我和真的警官站在这里，那位狼少女也该满意了吧。我正打算隔着门喊"小直"，却吓了一跳：从主屋后的庭院升起一股灰烟。

身边的警官站着，双手抱胳膊，完全没有动用无线话机之类的意思。充其量只是嚅动了一下绷紧的嘴角，打量那股烟而已。

"家里头应该住着五个人左右吧……"

从围墙的扇形孔洞望去，只见两只摇摇晃晃的老犬并排从主屋后走出来。

"深雪！文田！"

我从墙孔伸入胳膊向它们招手，两只狗迟疑着向我这边走来。

"深雪、文田，打开门锁！"

这时，一直沉默的警官转向我，脸上浮现令人反感的微笑。他肯定是在想：狗怎么可能开锁呢？没等深雪和文田表演，他就冲上去攀住大门，"嘿、嘿！"两下子爬到门顶上，跃进门内，从里头打开了门。

"你那种凉鞋，爬不了吧。"

我不情愿地从打开的门进入院子。打算翻进来的话，一两道门也并非挡得住我。只不过这是我客户的家嘛。客户的家门可不是想翻就翻的，得郑重其事请求允许，不管是狗是猫，应该请求里面生活者开门才是。

大门里头，深雪和文田坐着等我们。我从夹克的兜里取出"老犬点心"，撕破袋子，给两条狗。它们流着口水，啃起了鸡胸肉。我弯腰抚摸着它们的后背。

我一回头，见警官不知何时站在门廊的藤椅前。藤椅上坐着年轻女主人。她仰望着警官。她高高扬起下巴，仿佛要让出自对方嘴里的话遍洒在脸上似的。说不定，这个讨人厌的警官就是年轻女主人从前的恋人？刚才那些胡扯似的话都是真的？小直因为知道底细，所以才要我替妈妈把那男的叫来……？

我搂着两只狗，注视着对视的二人。这时，身缠蓝色软管的少女从松树后面现身了。刚听见"啊！"的一声喊，小直就把手中软管的口对准二人猛喷起水来。

"哎，别闹！"

警官抬起手，更加摆起架子向小直走去。被抛下的年轻女主人像是热烈接吻之后那样，伸长脖子，精疲力竭坐在椅子上。

小直一点也不害怕，正面用软管喷射警官。警官想要制止她时，却另有一条水柱射向他后背。拿新软管的是本应在露台练棒球的田宫老人。

"哎呀，糟了！"

老人慌忙去拧软管的前端，将水洒向杜鹃花植株。小直发出欢喜的叫声，仿佛在唱颤声歌曲似的。她丢下软管，跑到后院去了。——说来忘了，后面正冒着烟呢。

"禁止烧荒！"

浑身湿淋淋的警官一边喊一边追少女去了。

"请你关掉水龙头。"

老爷爷回头说道，我离开狗，去关水龙头。

田宫老人丢下软管，手叉在瘦腰上，默默眺望着后院升起的灰色烟雾。他运动背心外的胳膊一片苍白，脖子、小腿上骨节和血管突起，是那种点了火都烧不着的身体。他看了一会儿烟雾，就慢慢拿起靠在门廊上的球棒，静静地进屋子里了。这时，戴着墨镜的文田先生恰好出来了，站在我身边。

"刚才挺吵的嘛。"

"后院冒着烟呢。"

在蓝天的背景之下，只见灰色烟雾轻飘飘升到三层楼高的田宫家屋顶的高度。如果是火灾，肯定不是那样的冒烟方式。是小直在烧树枝什么的玩吧。

烧树枝什么的……想到这里，一个不祥的图景出现在脑海里：莫非那孩子点着了木香蔷薇？不会的，不论多么刁蛮的小女孩，在木香蔷薇的美面前，都会被净化的。那种花肯定是唯一能免除一切灾厄的花。尽管如此，我还是惴惴不安。那种棉花糖似的淡黄色、绒球形状的花，跟田宫老人不同，的确是易燃的。它是那种让人越看就越想烧掉的花儿。

"哎，老夫人在里头等着你呢。"

不知不觉中，文田先生站在我对面。他没穿鞋也没穿袜子，在湿漉漉的草地上走动。被压坏的年糕似的脚背上，粘了两三根草。

我再次进入家里头。虽然心脏激烈跳动，但不工作可不行。装了生意用品的包和纸袋，仍旧丢在饭厅的地上。里头的商品图录露出半边。

"老婆子说，想核实一下尺寸。"

从后走近来的，还是田宫老人。也许刚才放水感觉有点凉吧，他在运动背心外面加了一件土黄色的开襟毛线衣，没拿球棒。

"听说你的尺寸跟老婆子差不多的样子啊。"

"啊？这个……"

"她说想让你穿给她看看。"

"噢，太太说过想试穿裙子，我今天就带来了……"

"她现在腰不好，连起床都很辛苦呢。但她说你好歹都带来了，得看看才好。你准备好了，就请到二楼里头的房间让她看看吧。"

田宫老人走出了饭厅。

我把纸袋里的东西摊开在沙发上。太太在我上次拿来的图录上说"这件好"，指定了一件祖母绿的长裙。打算在下次交谊舞晚会上穿它跳舞。裙子前胸全是绿色和银色圆形亮片，密集覆盖；肩带一条；裙裾至大腿是深开衩。设计颇为大胆。但是，问题最大的，是我现在必须穿上给她看。而更成问题的是，这件裙子按美国尺寸是 4，而我的体型按美国尺寸算是 8！

究竟这位小个子太太从何处产生错觉，认为自己和我尺寸一样？刚认识那会儿，她不是还叹气说，真羡慕你这样的骨架体型吗？或者是田宫老人瞎胡闹，想让我这骨架子硬塞进这条窄窄的裙子里，好观赏一番木乃伊吗？但是我穿上了。因为这是我的工作，是此时此刻唯一该做的事情，所以我穿了。这种事情并非完全没有经历过。顾客突然想让你穿上，很少有，但有过。

我穿上裙子，走上楼梯。尽管这样，我还是牵挂着庭院里的木香蔷薇。此刻那里有四个人和两条狗，

34

应该正在做着什么吧。但院子里静悄悄，从刚才起就万籁俱寂。

楼梯拐弯处有镜子。镜子里的我走样得叫人吃惊。裙子很紧，胸前的圆形亮片失去了光泽，仿佛是从死恐龙身上揪下来的。祖母绿不适合骨架子大的女人。这个发现也许以后用得上，但此刻只能让我失望。不仅仅是失望，简直是绝望。

楼梯上方传来开门声。从那边吹过来的风混合了苦涩的烟味儿。

我冲下楼梯，跑到屋外。烟雾已经消失了。不过，不祥的预感仍在。我提起裙裾，向后院跑去。

"好怪的裙子！"

小直在庭院正中央，指着我笑歪了脸。她身后是一片淡黄色。啊啊，木香蔷薇没有烧掉！

小直独自一人坐在洞的边上。里面堆放的折叠椅不见了踪影，周围扔着几根黑黑的、炭化的木棍。

"小直，你烧掉了什么呀？"

"警察先生！"

小直站起来，来了个芭蕾的单足旋转。

我窥看洞中。

小直又大声笑着，在洞边做起了侧手翻。

超级明星

我在站台小店抢夺似的买了两个带馅面包，纵身跃入正要关闭的电车车门。

　　办公室的会议十二点整开始，严禁迟到，无论有何种理由。

　　一路停站的上行电车挺空的。同一个车厢里，有一名大学生模样的年轻人、一名挂银色拐杖的老人、一名穿水手服的女高中生、一名戴眼镜的中年女士，然后就是一个小孩；在六个七人座的正中，都各坐了一个人，微妙地错开位置。

　　片刻，我扫一眼车内之后，首先注意到那孩子。小孩戴着黄色的学校制帽，穿浅蓝色T恤衫配蓝色牛仔裤，但我一眼判断不出他是男孩还是女孩。从身高来说，充其量也就六七岁，虽没有大人陪着，却很沉着，不东张西望。他颇有仪态地将手放在膝盖上，这莫名地引发我的恐惧：我来到大城市，最惊讶的莫过于这么点大的孩子，就能满不在乎地独自搭乘电车。在妖魔鬼怪为所欲为的大都市里，孩子们为何能够那么淡定？孩子们的心形小脸上，甚至绽开着不知畏惧的笑容。他们不害怕被绑架吗？不害怕被危险人物接近吗？不害怕交通拥挤高峰时被挤得窒息吗？……看得我担心死了。好想设法帮他们一下，但我又害怕灵魂深处那些不合适部分向他们暴露了，被他们嘲笑。绝不可一味地接近孩子们。必须让孩子们保持天真。必须随时让他们笔直地迈向目的地。

电车早早抵达下一站。没有上来新的乘客。我选了戴眼镜女子对面没人的坐席坐下。我坐在边上，而不是正中间。

很安静。五名乘客没看我这个新加入者一眼。各自出神地望向自己对面的窗户。我从包里拿出书来，手一滑，书掉在车厢地板上。这时，五人的目光同时聚焦在那本书的封面上。《被木香蔷薇所占有》。这是我周末在市民图书馆借的。车厢里飘荡着一丝不安的空气。我慌忙捡起书，低着头翻开书，躲避周围的目光。

这本书放在图书馆园艺书的角落。被木香蔷薇盛开的封面所吸引，我把它借走了。然而，我回家翻开书的第一页，就大失所望。我越翻越恼火：这是一本荒诞无稽的浪漫小说，跟木香蔷薇毫无关系。不明白为何把这样的书放在园艺类。我只是想读赞美木香蔷薇的美文和教人剪花、驱除害虫的要点的文章……然而，我生气的同时，却被这本浪漫小说吸引住了。

《被木香蔷薇所占有》的女主人公，是一个作品卖不动的小说家，她一边在邮局兼职卖邮票，一边每天写小说。但是，无论她怎么写啊写，都不被编辑认可。最后忽起一念，决定参加当地的足球队。她打算以二十岁前后的年轻人为对象，写一本足球题材的青春小说。但是，小说家在球赛中展现了意想不到的才华，迅速成为头号得分手，曾经动辄患腱鞘炎的手腕缠上了队长标志。她对无心带队的主教练死了心，自兼主教练，发挥了强有力的领导才能，率领由求职女大学生、缺乏运动的主妇组成的弱小球队晋升至日本乙级女子联赛。她开始被伊锅（作者虚构的女主人公所在的城市名）称为"超级明星"。最初只有当地报纸和学生新闻采访她，后来就连全国性的私营电视节目，也纷纷跑来伊锅的市营运动场，使她一跃成为风云人物。作为草根足球界的传奇，她有了进一步出名的机会。由足协推荐，她获得了极难得的荣誉：礼节性拜访欧洲足球名将乔治·莫利约。在伦敦的小茶馆里，她见到了乔治。二人随即堕入爱河。在利兹酒店的床上，她凝视着熟睡的乔治，把他站在教练席时穿的开司米外套、运动衫，迄今指挥过的球队的围巾，光着身子穿上围上，沉浸在幸福之中。但是，乔治得回家。那边等着他的，有他在里斯本当体育教师时认识的妻子以及花朵儿一般的孩子们。二人单独躺在床上时，刚过五十的他看起来几乎就是个老人。脸上布满了醒着时没有的皱纹。他在教练席上展现的精悍面容，也被一圈白发环绕，跟枕头融为一体，随着呼吸

41

起伏。血管突起的手抱着膝，蜷缩成一团沉睡的模样，就跟个干巴巴的大松果一样。她实在难以置信：这个如此孤独、虚弱的男子，就是那个受到全世界的崇敬，无时无刻不经受着攻击，却仍以桀骜不驯的态度继续站在球场上的独一无二的人！二人生活的世界真是天差地别。伤心的她脱下伊锅俱乐部的队服，就此开始了自由自在的欧洲之旅。接下来，她在布达佩斯邂逅了钢琴家瓦尔格。瓦尔格在偏离市中心的多瑙河畔的餐厅里弹奏《黑色星期天》。后来她被摊档雇来卖炸面包，跟瓦尔格一起住在餐厅二楼一个狭小房间里。从唯一的正方形小窗，可以俯视悠久的多瑙河流过。她凝视着晦暗的水面，每夜回想着在伦敦度过的闪光的日子，不禁泪下。就在此时，挚爱的乔治突然出现了。他就站在门口，穿着竖领的开司米外套，戴着发亮的黑色皮手套。一开门，乔治就说，我是在率队远征欧冠联赛的决胜阶段溜出来见你的。她给他沏了咖啡，二人隔着桌子默默对视。这时，瓦尔格下班回来了。瓦尔格完全被仿佛来自梦想世界的伟大主教练征服了，他完全没想到教练会横刀夺爱。非但如此，他扯着自己的 T 恤衫、执拗地要人家签名，甚至在感激之余，将当天挣到的一点点小费全送给了黑手套。乔治只喝了一口不凉不热的咖啡，就看看表站起来，递给她比赛的球票，说道："比赛结束后，到 A 区 45 号门等我。我们两个人回我的故乡去。"

读到这里，还没到全书的四分之一。故事展开太快，令我眼花缭乱，每读一页都像是被疾风劲吹后似的感到疲惫。但是，这种现实中完全不可能的恋爱故事，却让我十分入迷。可谓神魂颠倒。

电车抵达目的地还有二十分钟。我匆匆翻动书页。

他给的球票，不是赞助商或者球员家人占据的内部人员席位，而是靠上的席位，距离当地醉鬼们瞎嚷嚷、一看到球员射门失败就骂娘的区域遥远得很。我在狂热的男人们中间缩成一团，眼睛盯着豆粒般大小的乔治的身影，他在主教练区域来回走动。等乔治坐下、身影从视野消失时，留在家中的瓦尔格的身影，才有那么一点点出现在脑海里。此刻瓦尔格也在就好了。可我那么想是伪善。他此刻应该正穿着有乔治签名的 T 恤衫，向餐厅的侍者们炫耀吧——哎哎，你们相信吗？我回到家里，竟然看到老莫就坐在那里，用我的马克杯喝着咖啡哩！

男人们一阵叫喊。球门附近，抢球的球员们挤成一团，球突然弹到了无人地带。穿蓝色队服的 9 号球员漂亮地带球冲向对方球门。难得的射门机会让整个运动场沸腾了。

唯有在巨型屏幕上出现的我的情人沉默着，脸上带着苦涩的表情。这个人，他马上要把我从这里带走。他要夺走我的一切。我处于幸福的巅峰，忘乎所以。9 号球员面对守门员，略一侧身，抬腿就——

"那本书有意思吗？"

我猛一惊，抬起头，见刚才坐对面的戴眼镜女子挨着我坐了下来。

"你那本书有意思吗？"

女子脸上带着平静的笑意，镜片后的眼睛倒是没笑。

"噢噢……"

我合上书，目光落在封面上。

"真的？"

"嗯……"

"你是作者的粉丝吗？"

"啊？哦，不，我是偶然在图书馆借的。"

"噢噢，贴着图书馆的标签呢。"

我不动声色地挪移屁股，往坐席另一端的细长墙壁靠，打算在不被察觉之下与她保持一定距离。刚才疏忽大意，完全被那个举止得体的孩子吸引住了。身旁女子的情况的确有可疑之处。她脸色苍白，没有化妆，就像一块洗濯过度的布，虽然干净却残旧了。长头发只用一条橡皮圈扎住，身上穿的家常连衣裙皱巴巴的。领口敞开着，其下的胸部平板，有可能没穿内衣。

我展露一丝微笑，更加背靠墙壁。可是，那女子又紧跟着挪近我。

"因为您一直读得很入迷，所以我就在意您啦。您为何特别选择了这本书呢？图书馆的书实在是多不胜数。"

"哦，这是由于……"

我的目光再次落在书的封面上：《被木香蔷薇所占有》。我是被这个书名吸引住了。我想阅读关于木香蔷薇的书。理由仅此而已！身边的女子皱着眉头，定定地盯着书名看。没准这个书名会让取书在手的人瞬间察觉其特殊意思，包含让经过者皱眉头的下流意思呢？如果我是在无意识中被木香蔷薇表面的美之外的、其暗喻所吸引的话，我会感到不安。

"好棒的书名！"

女人完全不在乎我的沉默，继续说道。

"现在正是应季呀。到了春天，当我看见那些黄色花盛开时，就变得非常高兴。"

"这本书被放在园艺书的地方了。"

我低声这么一嘀咕，女子"哦"了一声，一时无语。

"我以为肯定是写木香蔷薇的魅力和剪枝之类的。我的梦想是哪怕是买一块小小的地，也要建一所自己的房子，让围墙爬满木香蔷薇。所以，就打算作为提前的预习……"

"……"

"可是，我打开了才知道，这不是一本园艺书，而是虚构的小说，跟木香蔷薇没有任何关系。写一名作品不好卖的女小说家突然投身足球，在伦敦邂逅一位外国主教练，那位……"

"两人相爱了吧。"

"是的……"

"然后呢？"

"然后二人暂时分手。女子去了布达佩斯，开始与一名钢琴家同居，这时，主教练追来了……"

电车到站了，车门打开，但站台没有等候的乘客。灌入车厢的空气似乎有一股橙子香味。车厢内的其余四名乘客都注视着车窗外，似乎完全不在乎我们的对话。

"……你觉得这本书有意思，于是就读了起来吗？"

电车启动，女子又开口道。

"嗯，这是……"

"是哪些地方，又是怎么有意思的呢？单单听您刚才的介绍，一点也不觉得啊。恳请您再详细一点告诉我这本书有意思的地方？"

"突然一下子要我说……"

"您不是读了四分之一了吗？那么瞎扯的故事，

您为什么能热心地读下去呢？最开头的地方，小说家为何一下子成了足球运动员？冷静想想，这是没可能的吧。"

"这么说的话……我读的时候，也是这么觉得……"

"您肯定是轻易就相信的性格吧。平时也经常上当受骗吗？"

"那可没有。"

"只要是写出来的东西，你就什么都相信吗？"

"我不是什么都相信的……"

"描写一个差劲小说家成了足球运动员、邂逅外国教练，即所谓普通人邂逅世界著名足球教练、一见钟情这种情节，您认为现实中有可能吗？"

"我认为现实中不会有，但人家这么写……"

"惊呆了。您真是当今稀有的清纯之人呢。"

我越来越烦她，转移到对面坐席的另一头。那女子又跟了过来。旁边七人坐席的戴帽子的小孩突然面露害怕的表情，把脸转向这边。小孩对面坐着一位拄银色拐杖的老人。拐杖竖立在呈八字的两腿中央，老人翘着尖尖的下巴，凝视着正面的车窗。原坐在他对面的女高中生和大学生不知何时下了车或是转到其他车厢了，回过头来时，他们已经不见踪影。

我抬起头，扫一眼窄长液晶显示屏上方贴的电车线路图。离办公室最近的电车站还有三站。我不想再浪费宝贵的自由时间了。希望早一刻待在一人世界里，把小说读下去。仿佛就在这样发呆的期间里，燃起了禁忌之恋的二人就会逃到距我遥不可及的地方去了。那可不好办了。尚未取悦我，二人便逃之夭夭是不能允许的。二人最大的情敌，既不是瓦尔格、教练的太太，也不是道德，而是我。作为有行动力的读者觉醒了的我，这回要断然与那女子拉开距离。我正要站起来，去换一个车厢。这时，那女子使劲扯着我上衣的衣裾说道：

"写这本书的就是我呀。"

我重新坐好，再次注视着对方的脸。这时，女子突然表情一变，露齿微笑。

"对我写的东西，我写什么你就信什么。但眼前的我说的话，你就很难赞同，对吗？文字的力量真是伟大！"

"这本书是你写的？这是真的吗？"

"是真的，可我没有证据。我身上有驾照。写书用的是笔名，所以你没有办法知道我的本名吧。不如我让你看看驾照？"

女子把手插进家常连衣裙的兜里，我默默地摇了摇头。

"对不起，我刚才提了些怪问题。因为我是头一次看见有人在电车里阅读这本书……而且您好像读得很入迷……那本书里写的事情，我全都知道。错不了的。因为是我写的嘛。不过，在布达佩斯遇见的男子姓名不是瓦尔格，应该是维克。"

"不对，不是维克，是瓦尔格。"

"错啦，是维克。"

"可人家是那么写的。"

"顺便说一下，维克的职业，是手风琴演奏者，而不是钢琴家。乔治之所以来布达佩斯，不是来踢欧冠联赛的淘汰赛，是跟布达佩斯洪韦德足球俱乐部踢友谊赛。"

"不不、不对！您瞧，这里写着嘛……"

我翻开书页，想向书作者展示正确的描述。这时，她突然一声惊呼，从我手中夺过书籍。

"写书的人是我啊！"

旁边坐席的孩子望着这边，逃去对面的爱心座位。

"请别从我手上争抢我的小说。"

"哦，不过……"

"我那时候没去 A 区的 45 号门。我突然感到害怕。是不是因为我已经这样写了，所以没能前往那个门口吗？"

说完，女子以手掩面，抽泣起来。

"之后又过了很久，回日本的时候……我身无分文，穷困潦倒……一副衰老的模样……头发长及膝盖……全都写出来啦。"

女子断断续续说着，紧紧抱着贴有图书馆标签的

49

书，把书从领口塞进家常连衣裙里。

"这年头，谁都不知道我曾经是伊锅的超级明星！"

她凝视着远方，一边抹眼泪一边说。

"不过呀，乔治直到现在还从电视上对我发送暗号。从前他在伦敦如日中天之时，我曾对他说：如果比赛中我也一直能在你身边就好了。虽然我不能加入你的球队，但第四官员①之类的总能胜任吧。第四官员英语是 FORTH OFFICIAL。这个人总要站在边线正中附近，换人时举出液晶显示板。于是，乔治和我约定：今后对第四官员说话时，总会想起我，就当作对我说话了。"

"……"

"直到现在，看见他比赛中追问第四官员时，我依然会热泪盈眶。你为什么不来？你为什么不相信我？……没错，乔治直到现在还责备我。"

离我的目的地仅有两站了。

"我快要下车了，您能把书还我吗？"

我鼓起勇气开口道，女子猛然一惊，双臂紧紧抱在胸前，像是护卫着家常连衣裙里的书。

"我后悔写了这本书。写的时候，通过写作，我能感到，仿佛他就在身边。不过，不一样。我做的简直

---

① 足球比赛中有四名裁判：主裁判、两名边裁和一名第四官员。第四官员会在其他三名比赛裁判中的任何一名不能担任执法工作时上场替补。

就是相反的事情。我跟他现在各奔东西，就是这本书造成的。就不该写出来。加上置于你这样厚颜无耻之人的目光下，被你们以充分的时间和庸俗的好奇心，一个字一个字地改写，他一下子就面目全非了。我也好，我至关重要的乔治也好，包在书里谎言之中，被抽取了血肉和眼泪……现在已经变成了又干又扁的东西了！"

书在她胸口的花布上凸显出一个四方形，眼看就要埋入她扁平的肉中。原本，相恋的二人今后要去乔治的故乡、港口城市塞图巴尔，现在她却要将二人埋没在那种地方。

"那本书是借图书馆的。还有十日左右就必须归还。虽然也有延长借阅的做法……"

"发现这一点之后，我决定向全国的书店回收这本书。只不过无论我到哪儿去，书店书架上都没有我的书。"

"……"

"不过，幸亏听了你的话。这本书肯定是被当成园艺书了吧。我决定往后到园艺书的书架上寻找。"

"那个……不过，那本书不是我买的，是从图书馆借的，所以我必须在限期内归还……"

电车门开了。我向爱心座位的小孩投去求助的目光，但那小孩没跟我对视就下了车，直接跑上站台的阶梯。老人仍旧注视着车窗外，银色拐杖掉在地上。

离目的地车站就一站了。没有时间了。

"从刚才起，你一直在说一些奇怪的想法。"

车门一关闭，我就下了决心，正面面对那女子。

"就算你真是书的作者，要回收这本书，可白纸黑字的东西，你也是无可奈何的吧。"

"噢噢。"女子张口结舌。

"出了书却仍想将其据为己有，太傲慢了。"

"您这么说，您才是傲慢。您以为出了书就都有阅读的权利吗？"

"那当然。你以为，只有你一个人有评论的权利？"

"书只有叙述，不能作答。沉默往往是一名好读者的最佳行为。"

"要人家读这么差劲的故事，谁能够不吭声？我还想说一点：我本想阅读木香蔷薇的书，却被这样的书名明显误导了。"

"这个书名的意思，只有我和乔治知道。就连这个秘密，你也想夺走吗？"

"好了，请赶快还书。我还要读下去。我不想听你说。如果故事的结局是你和你的恋人变得干巴巴的，我就把书装进大信封，寄回出版社！"

女子脸色苍白站起来，书从连衣裙下方掉到地板上。我弯腰捡起书，轻拍一下封面，收入包里。

电车门打开，我快步走下站台时和对面要上车的上班族肩头碰了一下。那位上班族手上拿着一本木香蔷薇封面的书。他发现我手上也拿着同样的书，不好意思地微笑了。我未能报以同样的微笑。我回头望向关闭的车门，看见那女子惊喜地盯着上班族手上的东西。我只是不大明白：照这种情况，这位女子也算是卖得相当好的作家吧？

离会议开始的十二点还有几分钟。

恋人们手牵手，前往塞图巴尔。我在混乱的站台上被踩了脚。尽管被踩痛了，我仍目不旁视地迈向通往检票层的台阶。

恋爱虫

"各位，"部长说道，"希望大家明白一点——"

没有日照的半地下办公室。我们留意着说话人的声色变化，没有去动各自桌上的午饭。

"小王子说，重要的东西用眼睛是看不见的，但在近来一直不景气和不稳定的世界形势的影响下，今天日本用眼睛看得见的，即纯粹为乐趣的趣味，有越来越被人们敬而远之的倾向。前途莫测，对将要发生什么一无所知，这就是我们的未来，或者就是我们心爱的孩子们的未来。我们要努力奋斗，为将来的安稳奉献全部心力。但是，我此刻很想大声地说：重要的东西眼睛看不见吗？不，看得见。各位，来吧，请抬起头。"

我们一齐抬起头。

"我说的不是那些资料上的数字。"

哈哈、哈哈哈、哈哈哈哈……众人笑得都要喘不过气了，部长越发大声地继续演讲。

"在这里，我所谓的重要的东西，是美、美和健康。美的东西，只要看一眼，肯定就能明白它的美。健康的人，一眼就能看出健康。而健康的美，肯定与自然相协调。这是理所当然的，因为身体正是我们最接近的自然物。运用身体与更大的自然相联系，那就是舞蹈。所谓舞蹈，dance，自古就是对遥远的自然做祈祷，对自然表示感谢、乞求自然垂怜并祝福自然的行为，有时也是仪式和咒术的一部分。然而，在充斥着诸多烦恼的现代，人们蔑视身体、只追求眼睛看不见的精神性，在追求过程中寻找抚慰。但是，我们的身体会对那些难以忍受的灵魂产生厌恶。身体由思考的从属中解放出来，只以其自身拥有的能量跃动时，亦即一个人舞蹈起来时，里面就有最强有力的、朴素的拯救。而全身心舞蹈的人，就是彻底的美、完美的美。比起简略地跳波莱罗舞曲的西尔弗·杰艾姆，我觉得把灵魂注入舞蹈中的花笠音头①，一定更打动你们的心吧。"

部长长篇大论的日子，必有虫子跑出来。数年前我刚入公司，资深员工富士小姐悄悄跟我说。此刻，这位富士小姐就在我旁边，正要悄悄咽食沙拉乌冬面。

平时淡定的部长，在会议中难得开口，即便说话也只是点评几句，在员工的报告中间表示一下慰劳或者遗憾。然而也不知出于何种生理周期，每年有那么几次，他会在点评中间慢悠悠站起来，进行如此热情

---

① 日本山形县的民谣,因在当地的"花笠祭"中配合花笠舞进行表演而广为人知。

洋溢的长篇大论。而资深员工们的传说是真的。部长发表宏论那天，办公室里必出虫子。跑出来的虫子大多是蟑螂或蜘蛛，仅有那么一次，是复印机的进纸格子有蝗虫。是部长说话时，办公室几乎所有人都濒于假死状态，误导了虫子们吗？富士小姐则认为肯定是气压的原因。

"轻视自己和他人身体的人，没有发现自己同时也在轻视四十亿年的生命史。如此可悲之人聚集在一起，彼此枪口相对，结果就破坏了这个地球。所以呢，各位！请大家此刻为自己手上的工作感到自豪！你们并不光是出售鞋子、衣服、紧身衣，你们是通过鞋子、衣服、紧身衣，构筑街垒，防御只重视大脑的一族的毒害。这些家伙让人们争执不已、忘记了肉体。我们在这件工作上要团结一致！"

我回过头，看着窗边展示的跳舞服和紧身服以及堆积如山的鞋箱。心想万一这里被"只重视大脑的一族"的武装人员包围的话，那些东西能变成街垒吗？如果人家从窗口瞄准我们，无处可逃的我们轻而易举就被一网打尽了吧？这间办公室兼卖场约十五张榻榻米大，位于面向马路的大楼的半地下，窗口在墙壁上方。从横向长方形的窗口外面，只能看见行人匆匆来往的脚。"腿脚好的人，人也好""暗地里观察人家的步伐吧"，是绝少在办公室露面的独裁社长的口头禅。要是从窗户扔进一颗手榴弹，身处蚁穴似的我们

59

就一下子完蛋。既可以从外面锁上进出的门，放水淹没，也可以施放毒气或煤气……

我之所以止不住胡思乱想，恐怕是肚子饿造成的。肚子饿。桌面上放着两个带馅面包，还没开封，我想赶快吃，其中任一个都行。在每月一次、十二点整开始的办公室会议上可以边吃边听各人的报告。唯有部长开始长篇大论时是例外。刚才起就想静悄悄吮吸乌冬面却失败了的富士小姐，是工作了二十年的老员工。她那豪胆可是在二十年岁月里锻炼出来的，只打了六年工的我，连袋子都不敢开，乃是理所当然。同样工作不满十年的会计松平先生、做业务的谭先生、管库存的伊吹先生也都面对动不得的午餐、处于假死状态。他们静止着，整体上带着灰色，仿佛与桌子、电脑一样，同样成为办公室用品。这与昆虫为了隐身的拟态大概是同一回事吧。

"还有，莱切尔姑娘今天会来。"

部长没头没脑地说。凭着这一句话，员工们很快打破了灰色的拟态，恢复了生气勃勃的人的面孔。我们各自嘀咕着"莱切尔"——那难得又听见的名字发音，令人动情。

"部长，这位'莱切尔'，就是那位'小莱'吗？"富士小姐问道。

"对，就是那位小莱。"

"哦，太意外了。小莱什么时候来的日本呢？"

"据说是一周前来的。说是之所以没能马上来拜访，是因为得了盲肠炎。"

"盲肠炎啊，我小学四年级也得过。"伊吹好不容易将不冒热气的即食酱汤端到嘴边。"那毛病可真痛得要命。半夜里叫急救车拉到医院，一下子就上手术台，吓死人了。做局部麻醉之后也一直在哭喊。小莱正巧在国外，好可怜。住院了吗？"

"好像住院了。"部长答道。"小莱入保险了吗？"又是富士小姐插话，"住院费很贵吧？"

"莱切尔的话，一定认真入了保险啦。"谭先生边吸食面条边说，"她读高中的时候，登高尾山让毒虫蜇了腿肚子，去过一趟医院，对吧？莱切尔是会从失败学习的孩子啦。"

"毒虫之后是盲肠啊？莱切尔在日本玩各种冒险嘛。"部长绷不住笑了。

呵呵呵、哈哈哈。聊起莱切尔的话题，办公室的气氛顿时明快起来。我开心地将面包袋一扯为二，拿起一个就啃。想念莱切尔活泼的笑容。一想到可以见莱切尔就喜不自禁。只要提起"莱切尔如何如何"就开心。

"小莱借住在社长家吗？"

会计松平先生问道，他曾经迷恋过莱切尔。

"不清楚。我也是今早有电话来才知道的……"部长挠着头说，"据说她刚出院，没问详情。总而言之，她是今晚的飞机离开。因为出发前还有点时间，说是过来看看。"

莱切尔第一次来访办公室，是正好六年前，那时我刚刚就职于这家舞蹈用品公司。

当时，莱切尔十七岁，是来自宾夕法尼亚州的交换留学生，要在社长家里寄宿一年。她五岁开始学踢踏舞，跳得很棒。为了买一双新舞鞋，她跟着社长来我们办公室。她身材高挑，宽肩窄腰，蓝眼睛加一头卷曲的长金发，日晒充足的脸颊上散布着雀斑。看她一眼，我们全都心如乱麻：好一位美若天仙的美国丽人！

之后，莱切尔经常到办公室来玩，或学着员工的样子沏茶，或帮忙整理鞋箱，等等。一年到头都压抑阴郁的办公室吹来了宾夕法尼亚爽朗的风。她笨笨的日语给我们带来了活力，大家都"小莱、小莱"地挂念起她来。留学结束的送别仪式上，位于半地下的办公室仿佛因为员工们的伤感下沉了好几厘米。"我会再来的，再见！"莱切尔挥挥手离开，会计松平先生紧随其后追了出去。十分钟后，他半哭半笑地回来了。自此以后，他瘦了，头发变得稀薄，整体上给人被压缩机压缩了的印象。到现在，他还坚持上英语口语课。

莱切尔在美国结婚了。每年圣诞节，她必定给办公室寄来圣诞卡。莱切尔当了一名社会福利工作者。社会福利工作者是干什么的，我们之中没一个人知道。莱切尔为丈夫工作的方便，住在阿肯色州赫普市。据说这是比尔·克林顿出生的城市。她在家里养了一只狗和两只猫。跟丈夫是在大学认识的。去年曾挑战骑马。妹妹当了教堂的敬拜主领。旁边的牧场有可爱的小牛出生了……

办公室门"咔嚓"一下打开了。我们一齐转头望去。然而，站在那里的并不是我们钟爱的美国金发碧眼丽人，而是一位小个子中年男性，穿一身深灰色西服。员工们看着我。办公室接待来客，都由资历最浅的员工负责。

"欢迎光临。"

我把刚吃的面包丢在桌上，走到分隔办公室和店面的柜台。

"您要找什么东西吗？"

男子对店里的舞蹈用品不屑一顾，带着矜持的笑容，挨近柜台。他戴着一副很有品位的黑框威灵顿型眼镜。西裤折痕端正，手提黑色公文包，皮鞋锃亮，一尘不染。此人可能不是顾客，而是某个厂家的头儿。男子隔着柜台把脸挨近来，小声说道：

"莱切尔·赫奈特女士在这里吧。"

此人无可置疑的好品位、清爽宜人的感觉，一瞬间变成了某种极不祥的东西。我直感他必口出不逊，随即站稳了，近距离直视他的眼睛，仿佛要拒绝他的邪念。但是，那名带着微笑的男子眼里没有表情。假如有死神，肯定就是这种人。

　　我求助似的回头看办公室，只见刚才还滔滔不绝的部长在电脑显示屏后弓着腰，吃着寿司。其他员工在顾客面前中断进餐，手放在键盘上，装作在工作。这一幕讨好人的办公室风景见惯不怪，我倒是多少镇静下来了。

　　"莱切尔女士不在。"

　　我清清嗓子说道。男子带着笑容追问一句："真的？"

　　"对。莱切尔女士还没来。"

　　"还没？您这么说，是她马上要来的意思吗？"

　　拒绝告知"她会来"，是我的本能。"这个么……嗯。"我语焉不详。男子仍继续追问："她来还是不来？"我身后传来拉椅子的声音。

　　"您说莱切尔女士怎么了？"

　　站在我旁边的，是曾爱慕她的松平先生。

　　"哦，我跟她之间有点事情……"

　　男子略带微笑地说。

　　"您有些什么事情呢？"

　　"是个人方面的事情……"

　　"您跟她是什么关系呢？"

　　"也没什么，熟人那种吧。"

　　"既然这样，您直接联系她不就行了吗？"

　　"就是怎么都联系不上她。"

64

平时阴着脸、噘着嘴，一张张翻着票据点算的松平先生，在这位不明来历者跟前，态度却如此坦然直率，这一点打动了我。爱恋着莱切尔时的那个年轻、精干的松平先生回来了。也许这段恋情还没结束呢。也许他直到现在还单身，就是这个原因吧。

"莱切尔不会来这里啦。"

有人大声说道，我回头看，身后叉腿站着富士小姐，那模样比松平先生还有气势。

"莱切尔已经回美国啦。"

我惊讶地盯着富士小姐的侧脸：她究竟想说什么呀？但是，那男子似乎不是很惊讶，他跟富士小姐正面对视。

"不可能的，她应该是搭乘今天的达美航空的航班。"

"那我就不知道了。"

"您说得这么不着边际，我就不好办了。我是做这个的。"

男子从兜里取出银色名片盒，把一张名片放在柜台上让我们看。

　　梅森侦探事务所
　　佐伯博己

"贵公司是侦探社吗？"

听见富士小姐大声说话，部长终于站起来，走近柜台："是侦探吗？"部长拿起名片，取下眼镜，眯着眼睛细看文字。

"嗬嗬，是侦探吗？"

"我第一次见做侦探的人。"

"我也是。"

"我也是。"

谭先生和伊吹先生都站起来，依次拿起侦探的名片看。二人把名片翻过来看看、折一下试试，摆弄够了之后，才放回侦探跟前的柜台。

"那您为什么要找莱切尔女士呢？"部长代表我们向侦探提问，"莱切尔女士出什么事了吗？"

"她在美国的家人委托我们调查。"

"您特地从美国来的？"富士小姐绷起脸，"为什么？你说的'家人'，是她丈夫吧？小莱跟先生发生了什么事？"

"我不便说得更多。如果莱切尔女士今天不搭乘达美航空的航班平安回国，那就麻烦了。我的工作就是见到她、陪她到机场搭乘班机，如此而已。"

莱切尔果然出事了，这么一想，真令人坐立不安。但她本人不在，侦探的话也不好全信。侦探不去找她而跑来我们这里，显然不知道她的所在，或者知道了但去不了吧。不管是哪一种情况，我们都没丝毫心思把莱切尔交到这个死神似的家伙手上。富士小姐刚才大言不惭"莱切尔已经回美国",看来是很聪明的应对。要维护我们可爱的莱切尔不被怪侦探伤害,员工们要团结一致,坚持这个谎言——大家通过眼神已经达成了一致。

"我就借一下宝地等她了。"

侦探看出多说无益吧,在一张试鞋坐的淡粉红色缎面凳子上坐下来,把公文包抱在胸前。

"等等,等等!您这就让我们不好办了啊。"伊吹先生挥动两条戴着花袖套的胳膊,"咚咚"地走近那男子。"那不是客人用的凳子!"

"对呀,你再等,莱切尔也不会来的。不好意思,您别处找吧。"谭先生也从柜台里头声援。

"没事,我就坐等好了。"

"莱切尔已经回去了。"这回松平先生也从柜台走过来。他满脸勇者的喜悦,不惜为保护可爱的人而献身。

"您在这里是浪费时间啦。无论您怎么等,莱切尔都不会来的。"

"莱切尔发生了什么事,你们都不担心吗!"

突然,那男子一声怒喝,大家吓了一跳。

"她曾因盲肠炎入院,大家都知道的吧。但是,从出院那天起,她就失去了一切联络。她美国的丈夫非常担心,但出于某些原因,不可能正式请日本警方追查。所以一番曲折之后就找了我,总而言之,今天早

67

上，从她手机往这里打过电话，这是事实。——接电话的是哪位？"

"是我接的。"部长举了举手，往前迈了一步。"那时候大家还没来上班。办公室里只有我。"

"她为什么打来？"

"没说什么，只说抵达美国机场了。"

"不不，不可能的，她应该说要来这里的。"

"不，她没这么说。她回美国了。应该老早到家了吧。"

"不，不，不会。如果需要，我现在就打到阿肯色市的家里。她先生每天担心得要发疯了。"

"噢，不靠谱的先生啊。小莱烦透了那么个先生，逃来日本了吧。"富士小姐边说边夸张地双手抱头，"错不了的。我觉得，小莱结婚是太早了。"

"我也觉得她先生挺怪的。"松平先生也不失时机地帮腔，"小莱不是一时冲动玩失踪的人。她为人认真，是个爱关照他人的好心肠的女孩。小莱一定是因为不想回家，才逃到了日本某个地方。说不定她是遭到了家暴吧？"

"没错，肯定是的。我们得帮她逃走！"

"好啦好啦，请二位别紧张。"

部长拍着手掌，让富士小姐和松平先生安静，然后拉过一把淡紫色的凳子，坐在侦探跟前。

"莱切尔女士现在在哪里，我们真的不知道。但是有一点我可以断言：无论你等待到何时，她都不会来这里。假如您还硬要浪费时间等待一个不会来的人，我们也乐于借那张凳子给您。不过，本公司营业时间至十八点，所以到了十八点，就请您留下凳子离开吧。"

"啊啊，明白了。谢谢您的好意。那我就照您说的，再等一下。"

侦探说着，拉过凳子，在窗户底下坐定。

"这里的窗户好哇，过往人的脚看得很清楚。我可是清清楚楚地记得莱切尔的脚的形状哦。"

侦探脱下上衣，盘起一条腿坐在缎面凳子上。他看起来比最初的印象老了十岁。也许是角度的原因吧，他额头上突然增加了横纹，甚至刚才隔着柜台见到他时看不见的白发也长出来了。假如借用部长的话，不仅仅是美，仿佛连衰老也能用眼睛看见。

"好了各位！回到工作上吧。虽然刚才的会也没开完——没吃完午饭的人搞定午饭，继续工作！"

部长又拍起了手掌，我们心有不甘地返回各自的办公室座位。

全体员工都故作姿态了，但如果一无所知的莱切尔来店里时这家伙还没死心离开，那会闹成怎么样呢？我想告诉莱切尔有麻烦，但我不知道她的电话号码。要应付现实中的这种事情，必须提早克服害羞，问清楚在乎的人的联系方式。

侦探被留在店面，独自一人在衣服、鞋箱的环绕中仰望着窗口。富士小姐和松平先生恨恨地瞪着他的背影。我吃完了剩下的面包之后，认真地设想了一番之后情况的发展。而且，为了赶接下来的约定，我得在一点钟之前吃完午饭、刷牙、离开这里。我回过神来，发现已经是十二点五十七分了。

　　我拼命咀嚼，终于咽下最后一口时，部长突然拍案而起，喊道：

　　"到此为止，一切都结束了！"

　　办公室所有人目瞪口呆地盯着部长。

　　"莱切尔哪儿都不在了！"

　　连侦探也站起身，注视着部长。部长静静地来到他面前，把手放在他肩头，说道：

　　"老兄，就在刚才，莱切尔乘坐一点整的航班离开了这个国家了。我也不知道目的地。"

　　这时，侦探也抓住部长肩头说：

　　"这种谎言骗不了我。她肯定会来这里的——为了见你。"

　　"不，她不会来。因为我希望与其有她在旁边，不如让她自由。"

　　二人默默对视。然后互相揪着肩膀，拖拽着，摔坐在凳子上，哭泣起来。被撇在一旁的我们，目瞪口呆地围观两个不忌惮他人目光恸哭不已的中年男人。过了一会儿，松平先生猛地站起来，叫喊道：

"部长，这究竟是怎么回事啊！"

部长没有回答。松平先生冲出柜台，走近二人。其余人也一起站起来，紧随其后。在我们的簇拥下，部长和侦探攀着肩头，继续哭泣。

"部长……请您别哭了。"

松平先生把手轻轻搭在他后背，这时，部长抹了一把眼泪，轻抚着对方的肩头。那侦探还抬不起头来。

"这个人不是什么侦探……是从美国来的、莱切尔的先生。"

啊啊！员工们发出一声惊呼。

"莱切尔跟日本人结婚了啊？"伊吹先生的鼻孔鼓了起来。

"我跟我父母都是美国出生的美国人。"

哭泣的男子抬起头说道。然后，他用我们中谁也听不懂的复杂英语嘟哝了什么。似乎是在诅咒上帝。但是，我曾听过跟那些话完全一样的词儿，出自莱切尔的口。六年前的某次，莱切尔吃了一口伊吹先生做的饭团子，扭头就说了一句话，就像吐出了沙子似的。她以为谁也不在吧，可我站在她后面。目光相对的瞬间，她浮现出一种难以言喻的表情，我则歪歪头，报以暧昧的微笑。莱切尔随即转向大家，一连几句"好吃呀好吃——"，把饭团子吃掉了。我注视着她的背影，感动极了。莱切尔在我面前诅咒了上帝！

背着上帝和大家，就在我的面前！那天，她要走时，扭捏着，很无奈地走近我，在我耳边悄悄告诉我"我讨厌吃干鲣鱼"时，我感到一种无与伦比的幸福。

"她……约好了今天一定搭航班跟他回美国，"又开始呜咽的部长断断续续地继续说道，"可那不是莱切尔的期待……呜……她一直在我那里……她的身体就在我眼前……看得见、摸得着的健康美就在眼前！为了这种光彩，我、我想，就是失去所有一切都可以……一生中有过一次这种感觉，我就是一个幸福的男人。"

"原来是这样，嗯，这么一说的话就合理了。"抱着胳膊的谭先生频频点头。

"我、我希望她幸福……她明知道被窃听，今天早上打电话说要来这里。也就是说，我们两个给她丈夫设了个圈套……我的工作，就是让莱切尔可以一个人出国，把她丈夫留在这里直到航班起飞……虽然我也可以不向大家提供任何信息，但我想，我说了的话，大家一定会为了莱切尔跟他纠缠，这样就赢得时间了……但是，抱歉变成了这么不像样子的结果……我没想到自己这把年纪，还会出这种洋相。"

说到这里，部长低下头，更猛烈地抽泣起来。

"莱切尔说，她已经不爱丈夫了！她说了，在这个世上，她能够爱的只有自己和我而已！"

"这样的话，她也对我说过！"

被抛弃的丈夫脸色通红地喊道。

"这句话，我六年前也听过。"

松平先生反倒是脸色苍白，他搭在二人背上的手无力垂下，当场蹲了下来。他脸上热泪长流。

"那么说，关于盲肠的事，也是撒谎吧？"

伊吹先生问的时候，一个小小的灰色影子在三名潸然泪下的男人头顶掠过。

"啊，是蛾子啊！出蛾子啦！"

不知哪儿来的灰蛾子不灵活地飞着寻找出口，好几次碰到办公室低矮的天花板。

旁观者们定定地注视着那只蛾子。

"放它走吧，放它走吧……"

富士小姐念经似的说着，手拿团扇把可怜的蛾子往窗边赶。

约见的时间就到了。

我强咽下嘴里湿乎乎的东西，把牙具装进包里，默默走出办公室。放它走吧，放它走吧……莱切尔抖落了我们的爱，逃走了。她要飞越亚洲，跨过中东，直至非洲大陆边缘、月亮背面、银河终极，直到真正可以一个人待着。再见！她要逃往无边无际。

家

人

午后的地下通道有点暗，低矮的天花板下的来往行人全都弓着背、低着头，一半笼罩在影子里。边上流淌的小水渠微微飘荡着恶臭，到处放置的盆栽观叶植物黑乎乎的，枝繁叶茂。

　　我在赶已经迟到的午后约会。睡眠不足加上没能午休，越是焦急，脑子越是发蒙。

　　我混在幽灵般的行人里赶路，路中央出现一台箱形的巨型清扫机器。机器的形状是立方体上加一个压瘪的圆柱，底下是向四面伸出的、长长的绒毛蓝色墩布，墩布在高速旋转。从圆柱部分的驾驶席，能窥见驾驶员的后脑勺，跟墩布同一颜色的帽子，几乎碰到天花板。这机器既高且宽，所以行人只能从两旁排成一列通过。通道拥堵缓慢，令人无奈，可难以忍受的却是机器大声播放的《通行歌》旋律。

　　之前遇见它时，它播放的似乎是《我牧场上的家》。大白天听着《通行歌》的旋律，我必定产生一种强烈的不安……尤其是在如此阴沉沉的地下通道里面。"请您把《通行歌》改成《我牧场上的家》好吗？"——如果我攀上清扫机，从后拍拍驾驶员提出请求的话，驾驶员会听从吗？"请播放《我牧场上的家》吧！"假如驾驶员不知如何是好，我也可以挨近他耳边哼给他听。可我发现了为难的事情：一旦要我哼出旋律，我就完全想不起来了。终于想起了！就是它啦！旋律重现在脑子里时，却仍是《通行歌》。同样的事情反复了四五次，我放弃了。说起来，这台清扫机现在播放的旋律真是《通行歌》吗？这段占据脑子、挥之不去的旋律不就是《我牧场上的家》吗？或者，实际上《通行歌》里面巧妙隐藏着《我牧场上的家》吧？……

我带着怀疑，脚步却丝毫没有放缓。我要前往一家衣料批发店的仓库。

从刚才起，每次迈步，有单位标志的纸袋子一角都碰撞到小腿，令我很不舒服。纸袋子鼓鼓的，装着斗牛士式的红色晚礼服和卡门式长裙，为不起皱而轻轻折叠。回想起事情经过就难受。我疏忽了收货后的商品检查，出了差错。直到前往订货的弗拉明戈舞蹈班，请人家试穿，这才发现了不能放过的缺陷（领子变形、装饰纽扣缺损、拉链拉不动、羽毛装饰一动就掉），当场就很难堪。打电话到批发店要求换货，对方的负责人却得理不饶人。好说歹说才使对方态度软化了，但我要求对方寄来替换品仍被坚拒。"既然这样，就有劳你们跑一趟仓库，亲自过目确认之后，拿走满足要求的产品吧。"简直就像跟冰块说话一样。可毕竟是我把一个平时开朗、善意的她变成如此薄情的人的，所以我只好照她说的，鼓起劲头外出。

指定的下町仓库里，似乎还有别的负责人在等。对方电话上叮嘱了好几次要"严守时间"，照这样子肯定要迟到了。

我正在清扫机两侧的长队后面排队，一名大力士体型的男子身穿满是衣兜的背心，从旁猛挤了我一下。那劲头之大，让我装着衣服的纸袋一下子脱了手，掉在路边水渠上。我捡起纸袋弄干底部水滴时，队伍长了两倍。我重新排在队伍末尾时，清扫机已经远远跑到通道另一头了。唯有那旋律听起来还是同样大的音量。

那旋律听起来已不再是《通行歌》或者《我牧场上的家》，它勾起我心中的不安，我默默强忍着。我没捂耳朵，而是闭上眼睛，但不安越发严重。是睡眠不足且也没好好午休造成的。虽然此刻是最落魄、最凄惨、最寒碜的时候了，但假如人生最后一刻会回想起什么的话，那么这一刻可能才是最适合用来总结我的人生的吧。

> 通行了，通行了
> 这是哪儿的小道
> 这是天神的小道

在歌声中睁开眼睛，只见旁边一名长发小女孩把手放在我的纸袋边缘，窥看里面的东西。

> 轻轻通过，到对面去
> 没有事情，就别过啦

在小女孩歌声的引导下，这儿歌也从我唇中自然流出。

> 为了庆祝这孩子七岁
> 请笑纳我的银子吧

唱开了就好了，这的确是那首《通行歌》！

我心里充满喜悦，没去制止已经把两只手伸进纸袋的小女孩。假如人生最后得回想起一样东西，那么只要是像今天这孩子的歌声一样的、某些非常温柔的、令人怀恋的东西就行。

"嘿嘿嘿！快住手！"

一只浅黑的大手抓住了小手，把小手拉出了纸袋。接下来的一瞬间，小女孩的身子"呼"地升起到空中，长头发就像孔雀开屏一样散开，闪耀着绿光。头发的波浪整整齐齐，越往下波浪就越小，到了发梢几厘米时，就不自然地变得笔直。洗完澡，把湿头发编成三条辫子就睡，到了早上再解开，就成了这样的波浪。这孩子昨晚洗完澡找谁编的头发？还是她自己编的？

抱着小女孩的是一个身穿卡其色Ｔ恤衫的高个男子。友善的大嘴巴周围胡子拉碴，眼睛大而明亮，体格粗壮。看上去就像是以前的动作片明星。他怀里的小女孩伸出手，用手心按了一下天花板。天花板上留下了一个可爱的小掌印。男子见了，同样伸出一只手，在天花板上按了一个掌印。

我不由得从公文包里取出手帕，擦干净二人弄脏了的手。

"谢谢。"

男子对我微笑，孩子擦干净的手在他脸上摸来摸去。他眼角聚起鸡爪形的皱纹，露出雪白的龅牙。

"这孩子到十一月就五岁了。"

小女孩不再摸父亲的脸，而是紧紧搂着父亲的脖子。穿着粉红色沙滩拖鞋的小脚在连衣裙下晃荡着。父亲说声"喘不过气啦"，脸红起来。他想解开孩子的手，装出一脸苦相。

我用给二人擦手的手帕抹去额头上的汗珠。

"爸爸，是这个人吗？"

小女孩这才正面看我，她故意跟父亲大声耳语。

好看的富士山形发际线，浓密的眉毛像云一样缭绕。当她定定地注视我时，淡褐色的瞳仁清澈平和。我窥探那眼睛之时，仿佛厚重的岩石一样在心中压迫着自己的紧张感纷纷崩塌，变成了白砂糖似的东西。

"嗯。爸爸也那么觉得。"

"那爸爸，你求她吧。"

"不，还是小雪求一下试试？"

被叫作小雪的女孩没有迟疑，向我伸出了双手。我马上松开拿公文包和纸袋的手，郑重其事地从她父亲手上接过她。小雪像刚才对爸爸一样，用双手搂着我的脖子，在我耳边窃窃私语：

"求求你……你要做小雪家的妈妈吗？"

"要做。"

人生最美好的一刻就这样来临了。

小雪越发搂紧我的脖子，悄声说："谢谢。"

虽然一直在盘算着，但没想到以这种方式迎来改变人生的机会。在命运翻天覆地的这一瞬间……我一直相信，当那个时刻来临时，我会清楚地意识到：绝不会放过！为此我已有放弃其他一切的思想准备。所以，请不要灰心！我对以往懦弱的自己无声地呼喊。

"既然这样，说来还早。"

爸爸捡起通道上的公文包和纸袋，离开队伍，向相反方向迈步走去。我抱着小雪跟在他后面。清扫机的电子音乐仍旧响彻通道，但似乎不一样了。什么地方不一样了呢？是调子吗？对，是调子。这回的调子跟刚才大不一样，像阳光一样明朗欢快，充满温柔抚慰。

"爸爸走得好快哩。"

我努力追赶，但就像小雪说的，爸爸的背影已经拉开了我们好几米远。我决心不再落后了，停一下步子，然后跑起来。臂力略松了一点，小雪的身体往下坠。虽然跑得吃力，但我此时一刻也不想跟这个意外相逢的孩子分开。拼命跑着跑着，爸爸不知何时已经在我身边，小雪以很勉强的姿势抓住他的肩头。

我们就这个样子互相拉扯着跑过地下通道。

通道渐渐上坡，尽头处看得见地面出口的四方形光亮。

"休息一下吧。"

来到地面出口前，爸爸突然停住脚步。并排跑的我一下子没停住，冲过头三米远，然后返回爸爸身边。途中，小雪从我身上下来，跑向爸爸。我衬衣和裙子贴紧小雪的地方都汗湿了。抱着时没怎么感觉出分量，放下之后才觉得手臂和腰腿疲累。

小雪抱着爸爸的小腿，爸爸穿的山地靴满是泥泞。她的视线穿过我的身体，一直在盯着什么东西。爸爸将公文包和纸袋归拢到右手，空出的左手有力地拢住我的肩头。

"休息休息。"

爸爸带我们去地下通道对面的咖啡馆。一进门，内里意外地深广。近前一角的桌子，一位戴圆顶硬礼帽的男子颇具隐居老者之风，正一边享用冰咖啡一边乘凉。里头近厨房的桌子上，一伙外国游客都穿着红色号衣，正其乐融融地吃着某处特产店买的蛋糕。

"我们也吃蛋糕套餐吧。"

戴帽子的老人安排了一张空的方桌，爸爸背靠墙壁坐下。小雪紧挨着他坐，但随即换到对面落座的我身边。

"妈妈，点什么吃？快点呀，妈妈！"

小雪翻开菜谱，靠着我，搂着我的胳膊，对我的胳膊又掐又磨。

"噢……要不要点拿破仑派呢……"

"那小雪也要拿破仑派。"

"那妈妈也要拿破仑派。"

于是小雪仰头看我，眼睛瞪得大大的，我也瞪大了眼睛看她。小雪笑了起来。我也笑了。

爸爸把站在收银处无所事事的侍者叫来，下了单子："要三个拿破仑派。"配的饮料都是冰茶。"哪位要加奶或者柠檬吗？"侍者问道。小雪中气十足地答道："都不要！"

"感觉之前也一起来过这里吧？"

爸爸喝一口跟拿破仑派一起上的冰茶，眯着眼说。

"我记得呀。那时大家也都是吃拿破仑派。"

"是吧。好像是。"

"没错呀，拿破仑派是我的心头好嘛！"

一点也不错！拿破仑派是我的心头好！我向八百

84

万神灵发誓，自从记事以来，我一次也没有在蛋糕店和咖啡馆点过拿破仑派以外的东西！

"哟，妈妈怎么啦？哭了吗？"

说话的小雪嘴边沾了蛋糕屑和蛋奶羹，脏兮兮的。我用袖口拭去泪水，伸手从爸爸那里拿过公文包，取出携带的药用湿纸巾，轻轻为小雪抹净嘴角。爸爸看着我们。因为他的邋遢胡子上也沾着奶油，我把手伸过桌子去，同样用湿纸巾轻轻帮他擦去。细看之下，他满头大汗。不仅额头上，脖子、胸口都……卡其色 T 恤衫显出汗迹，渐渐地变成一个深色的"U"字。

"爸爸怎么啦？很热吗？"

爸爸紧握着我要缩回的手，定定地看着我说道："我希望你听我说，千万别回头看。"

小雪也放下了叉子，使劲握着我的手。

"你尽可能保持自然。"

不寻常地变得大汗淋漓，又告诫对方说千万别回头、保持自然……那是怎么回事儿，可想而知吧。

说来，刚才和小雪翻菜谱时，有两个一伙儿的男子一前一后进了店，又有一名身穿米黄色西服套装留着狼尾头的女子紧随其后。因为我背向店内，所以他们三人都不在我的视野内。从刚才起，爸爸就很自然地不时望望小雪和我，但他肯定用余光留意着追赶者的动静。

我胁下冷汗津津。做了一个深呼吸之后，我放开二人的手，取出一片新的湿纸巾给爸爸。他用湿纸巾拭去脸上、脖子上的汗水，用吸管喝着冰茶，隔着桌子把脸凑近来。

　　"妈妈，请听我现在说的事，这些是我们这家人从前的事。"

　　"爸爸，我们从刚才就一直在麻烦妈妈呢。"

　　小雪噘着嘴，用小指搓压着我手背骨头的一处小突起。

　　"有一天，你说找冤大头下手的路，是无法回头的。我之所以背叛老大，决心不干打打杀杀的事，就是在知道你决不动摇的一刻。小雪出生后，需求越来越多，我们边工作边带孩子，连睡觉的工夫都没有。无论是工作还是工作以外，我跟你跟小雪，三个人一直都是待在一起的。那是我们家人无可替代的回忆。"

　　"无可替代的回忆……"重要的是此刻这里三人的未来。"无可替代的回忆！"我深深点头，过去也变成了未来的一部分。

　　"我们抱着小雪，有时搬运各种东西，有时喊不认识的人为'老爹'、一起上路，有时趁郊游往山里丢各种东西。没有一个人会用怀疑的目光看一对抱婴儿的年轻夫妇。无论是忽悠冤大头时，还是我们作为人生存时，小雪都帮了我们大忙。我们看起来肯定是真正幸福的一家人吧。不过，总这样为某个人而扮成家人，天长日久之中，我们自己都觉得掩藏了自己的本来面目。什么是扮演，什么是本来面目，我们都已经不知道了。所以，我们是时候过自己的人生而不是扮演的人生了。我们必须让全世界知道，我们不必扮演幸福家庭也能很幸福。为此，我们无论如何需要你。妈妈，我说的这些你都明白吗？"

"我明白。"

没错，为了让大喊"你一定要幸福"的别人闭嘴，逢场作戏假扮幸福的事，已经不必了。已经没有必要"被幸福"。因为我们三个脑袋挤在这里，就已足够幸福了。假如人生最后要有一个想起来的时刻，肯定不是在地下通道里有气无力、耷拉着脑袋的时候，而是这样子跟所爱之人拿着拿破仑派、静静相对的时候。

"可是，他们不肯放过我们！"

爸爸斜着瞟一眼，示意他们的存在，轻轻点点头。

"所以，妈妈，现在忽悠我们吧。"

我不作声，一旁的小雪伸出胳膊来抱我的腰。黑亮的长发铺在我的膝上。我感动地抚摸着这些头发。越摸越觉得小雪的头发像糖浆似的散在我的下腹部。哎，爸爸，小雪他们今后怎么办？头发深处传来小雪的声音。"哎，爸爸，小雪他们今后怎么办？"我也跟着问爸爸。

"打算暂且去爸爸的乡下。小雪之前去过的吧？"

"嗯，我去过。"小雪站起来，眼睛闪闪亮，"乡下虽然没有爷爷奶奶，但有好多牛。妈妈骑了其中最大的一头，围着家跑呢。"

"没错，牛亲近妈妈。"

"到了早上，鸡会生好多蛋。鸡也亲近妈妈，一直追着妈妈跑。"

"妈妈容易被动物喜欢上。"

我对二人的对话不住地点头。我在乡下被牛喜欢，像女牛仔骑着牛，也被鸡喜欢。真希望是那样。真那样就好了。

有人把手放在我肩头。我一回头，刚才的二人搭档之一就站在我身后。

"请回避一下可以吗？"

"为什么？"我站了起来。

"当事人之间说说事。"

"我也是当事人。"

男子显得为难，他看了一眼后面桌子的搭档。二人都脚蹬皮鞋、一身深蓝色西服，上班族的标配，但两手空空没带包。

我使劲握住旁边的小雪的手。小雪不安地仰望我。桌子对面的爸爸也注视着我，眼神跟女儿完全一样。

"要说当事人……"

"我是家人。"

"咦，家人？你是家人？"

男子后退一步，冷笑着将我全身上下细细打量一番。似乎因为狼狈和愤怒脚下摇晃。我希望早一刻逃离这种家伙，追求三人的幸福，但身子一时动弹不得。

"妈妈，小雪肚子疼。"

小雪摇晃着我的手。于是我闪现出一个好主意：现在爸爸跟我带上小雪上洗手间，三人从那里的窗户或排气口一起逃脱就行。

"我带你上洗手间。"

我刚拉起小雪的手，爸爸站起来，说道："还是我去吧，你待着。"小雪迅速放开我的手，绕到桌子那边，握住父亲的手。虽然出人意表，但看他们二人表情突然活了起来，应该是心中有了绝妙的行动方案吧。我点点头，背向二人，独自前往敌方桌子。

"在我丈夫和女儿回来之前谈妥吧。"

我已做好思想准备，在坐着的男子前面落座。另一名男子特地从邻桌拖来椅子，放在挨近我侧面处，一屁股坐下。

虽说提议"谈妥"，但至少我这边没有任何话说。男人们那边似乎不打算了解我的任何事。对面的男子发出下流的声音，啜饮几乎只剩冰块的冰可乐。

旁边的男子一个劲地抖着腿。

我的前面有个茶色的玻璃门，能看到对面。身体强健的爸爸和天生大忽悠的小雪，肯定一下子就能找到由化妆室出地下通道的方法，从玻璃门另一头跟我招手吧？那么一来，我首先猛踢身边男子的要害，然后在对面男子伸手阻拦之前迷住他的眼睛，一口气逃到那个门口。然后，我跟二人手牵手，到乡下去骑牛、被鸡群包围，余生与家人幸福生活，至死不悔。

背后的外国游客争吵起来，店内开始不时听见结结巴巴的日语。我扭头看，见其中一人在结账的小碟子上放满了零钱。我再次坐好，凝神望着玻璃门。不一会儿，欢快的红色幸福集团说着热闹的外国话走出店子。在那堆人中心，我看见身穿红色斗牛士式晚礼服的爸爸和身穿卡门式裙子、搂着他脖子的小雪。埋在大裙子里的、招人喜爱的小雪从爸爸肩头定定地注视着我。

> 妈妈，你知道的啦
> 我们三个一起生活的日子
> 只是碰巧无法在现实中实现啊
> 妈妈
> 只是如此而已

嗯，明白啦。在点头的瞬间，小雪的眼睛变成了钉在晚礼服领子上的两颗装饰纽扣。不，不是变成的，是伪装成的。是小雪使我错认的。

男人们现在还不时窥看里头的化妆室，根本没发现二人已混在游客中逃走了。听过的旋律又响起。是旁边男子的手机。他用另一只手遮掩着，简短说了几句话，然后对搭档使个眼色，站了起来。然后他们悄悄过去结账，离开了店子。

原来的桌子上，只留下了冰块溶化后变成半透明的冰茶和塌下了的拿破仑派。我转回这张桌子，拿起叉子，把已倾斜、变软了的派往嘴里送。美味。我边吃边点头。

我们三人一起生活的时间，碰巧无法在现实中实现。

小雪的确是那么唱的。没错。就是那么回事。怎么想都是那样子而已。

我抓起公文包，走出店子。

巡
逻
中

刮过仓库街的风带着一丝潮水气息。

日照很猛，头发贴着脸颊，西服内侧积聚的热逐渐变成了湿气。

我站在说好的仓库前，比约定的时间迟了四十五分钟。赤褐色的门上挂着压制的金属门牌。

巡逻中

我一边在脑子里过道歉词，一边在手机上按对方的号码。在路上已打过好几次这个号码，但没人接，也没有切换到电话留言中。这次响铃近两分钟，也没有反应。是负责人因为我迟到等得不耐烦，已经下班了吗？或者约定的时间有变化，又或者这个电话号码本身就是错的？

我挂断电话，离大门走远几步，再从正面仔细打量仓库一番。屋顶为半圆形的暗灰色建筑物，稳重而结实；地道的旧式拱形仓库……一扇窗户也没有，大门上方的屋檐在前面形成一块平行四边形的影子。

我看看表，已过约定时间五十分钟。也许只能下次再来了。我正要打电话给管仓库的衣料批发店，两眼却觉得不对劲。我一边眨巴眼睛，一边看看四周，发现一位戴麦秸草帽的老人正站在仓库一角，拿手电筒照射过来。

"您是柳生先生吗？"

对方默默地点点头，神色严峻。

我赶紧跑过去，报上公司和本人姓名，低头鞠躬为迟到致歉。老人一身宽松的象牙色工衣，脚下穿木屐。从他站立的样子看，完全是个老爷爷；可靠近了看时，脸的轮廓线却蛮柔和的，性别不明显。虽然双眸被圆括号似的皱纹环绕、眼白略微浑浊，但目光锐利。

一番谢罪之后，对方仍默默盯着我没动，我只好改变说辞又道了几次歉。不停致歉让我真的大汗淋漓。这里太热了。渐渐地，额头的汗水流到脸颊，再聚集到下巴，开始滴滴答答掉在地面。

"我看管这个仓库，已经五十九年了。"

噢，原来是位老奶奶。不是因为她自称"ATASHI" ①，而是因为声音是老奶奶。她的声音确实是老奶奶的声音。在漫长的岁月里几度变声才沉淀下来的特别的腔调，带有浑浊、沙哑、颤栗的声

---

① 日语中，"ATASHI"是女性使用的自称。

音。仿佛键盘用坏了，以其余韵发出的声音。无论置身何种人群中，其中的老奶奶嘟哝一句，我立即就能分辨出来。

"刚才我一直没出声……"

老奶奶微微一笑，我循着她的视线看，见脚下地面濡湿。要说我也没有失禁啊，汗水流成这么一摊也太过分了。

"说一大堆笑破肚皮的玩笑话，这种表面的空头人情，在这里可是完全没用的。你的话里头缺了人的魂。所有一切都是纸糊的道具啦。"

老奶奶用电筒照射仓库外墙，继续唠叨。

"五十九年间，就我一个人看守这个仓库。像你这样轻薄的家伙、诡计多端的贪财家伙，来了又来，用看粪坑似的目光瞪我——就像你现在那样，站在那里。"

在充满敌意的目光下，我从包里取出水瓶。本想就喝一口，咽喉却自动蠕动，喝掉了大半瓶。

"喝这么多人工制造的水……"

我做了一个深呼吸，恢复冷静，决定简洁地解释一下来这里的经过。我来此要达成的目的只有一个：调取红色斗牛士式晚礼服和卡门式长裙，为弗拉明戈舞蹈班供货。

"那事情我知道。"我说话中间，老奶奶满口黄牙的嘴巴一张，"说是退换，哎，要换货的衣服在哪里？"

"那个……情况有变化，我今天过来不是退换，是重新进货。要退换的两件残次品……"

"残次品！"

眼看老奶奶挥舞起手中的手电筒，我条件反射地用手护脸。

"我知道的清纯姑娘们在世纪末全没了。近来的年轻人尽是丢了魂的、发情期的猴子，就别唱什么《猴子轿夫》①了吧……"

阳光灿烂，拱形仓库被太阳直射的那一面从边缘开始变得焦黄。

脚下的水摊又扩大了。有水流进来。追溯细细的水流，只见在旁边一座仓库前，一名男子正用软管给盆栽植物浇水。从盆栽植物叶子的长相来看，恐怕是茄子。茄子这种蔬菜多放油、用锅煎，配满满的生姜泥吃，味道极佳。而此刻，从老奶奶那风干茄子般的干瘪嘴里，正没完没了地吐出粗言脏话，自顾自越骂越起劲。我想起了"北风和太阳"的寓言。岩石般的顽固，并不会被力量击破，而会被安稳的温情融解……说是这么说，如果那种安稳里头不包含某种顽固，温情的部分就不能正确发挥作用。最终，任何对立，都是忍耐与忍耐的斗争。胜者也好，败者也好，如果离得远远的，谁也分不清哪个是胜者，哪个是败

---

① 日本流行童谣，发布于 1939 年。

者；我也好，这位老奶奶也好，远远地看上去都差不多。为何我就要一生不变、非要按老样子活下去呢？

"哎，不好意思。"

抬头看时，老奶奶也好我也好，全身都被浇湿了。

浇水的男子扔掉软管，吧嗒吧嗒地跑过来。"抱歉抱歉，手滑了一下……"男子开始辩解，老奶奶朝他怒吼。在这空隙里，我的手扶在挂着"巡逻中"牌子的门上。门竟然一下子打开了，昏暗中樟脑味儿扑面而来。

仓库里头一片漆黑。我反手关上门，听不见任何声响。我用手摸索周围，想在令人害怕的仓管员追来之前锁上门，但哪里都摸不到那种东西。为慎重起见，我按住门，背靠在静悄悄的墙壁上，调整一下呼吸。我每次呼气，仓库里头就响起"唰——唰——"的好听声音，仿佛一阵风吹过草原。是保护衣服的尼龙膜的声音吧……

我多少镇静下来了，脱下湿了的西服上衣，擦了擦汗。我寻找照明开关。手上下摸索着，从大门顺墙壁往里走，遇上了一个小小的突起。我按它一下，"啪"，天花板上亮起两列淡红色灯泡。我连忙返回大门处寻找门锁，却发现大门的设计似乎是从里头既不能开也不能上锁。这么一来，被人从外锁上，问题就大了，说不定会发生工伤事故。被关住可就太讨厌了，不过，要是那位恶狠狠的老奶奶开门进来会更加讨厌。我将上衣叠好，和包一起放在地上。凭记忆开始寻找我要的两件衣服。

仓库比从外面看大多了。在头顶稍高的地方有十几道银色铁轨，从跟前笔直延伸到里面。数量庞大的衣服，外套半透明尼龙罩，密密麻麻挂在各条铁轨上。一眼看去，衣服的颜色和大小都很杂乱，排列完全没有次序。把半透明尼龙罩换作透明无色的罩子的话，多少会方便寻找吧。我只能透过罩子辨认看起来红红的衣服，一件一件从头翻起了。

我从左开始扒拉第一、第二道铁轨挂的衣服，一边找红色衣服，一边往里头走。听说这是一家历史悠久的批发店，没想到竟然收集了这么多衣服且耐心保管着！掀起尼龙罩看，意外地发现里面全是质量良好的舞台服装。细看标签，无一例外全是 Made in China。这里不仅有新衣服，也交杂着光泽独特、面料名贵的服装。没准儿，鹿鸣馆时代的昂贵进口货、迈克尔·杰克逊的传奇上衣之类的衣服也埋没在里头？

我忘记了暴怒的仓管员，在 Made in China 的海洋里畅想。每动一下，两侧的尼龙罩就发出好听的"唰——唰——"声。顺手掀起尼龙罩，眼前必定呈现边缘镶有亮片或有刺绣的漂亮衣料。静静眠于尼龙罩之下的、曾被人穿过的衣裳，今后将被人穿着的衣裳。依人的形状缝起来的布料的组合。这些衣服像人、令人想起人、与人息息相关，但在这里，至关重要的人却不存在。此刻，我埋在这样的东西里面，被一种从没有过的安逸深深地拥抱……

"夏虫扑火自取灭亡！"

一道细细的强光射入，同时，老奶奶的声音在仓库里响起。

苍白的电筒光在微亮的天花板上晃动。我在仓库一角，被衣服埋没，她应该还没看见我。

"我一定会抓住你，把你送地狱去！"

明知逃无可逃，但既然你这么说，我也不能束手就擒。

我弄出唰唰的响声往里面走，弯下腰，把头也埋进衣服堆中。向前伸着手，很快就摸到了凉凉的墙壁。到头了。我一时难以决定是沿墙壁去正中央还是去仓库的一侧。侧耳倾听，老奶奶的木屐声似乎向侧面移动。往中央走三步左右，感觉墙上有硬硬的、手柄似的东西。我一拧，墙上打开了一条细长的缝。

我来到一个宽阔明亮的空间。

细看四周之前，我首先确认一下我走出来的门。所幸是常见的紧急出口，上面有一把简单的锁。我锁好门，再回头看去，只见人们在一张长桌子前以同等间隔隔开，俯着身、用缝纫机缝制着什么东西。滋滋滋……缝纫机开动的低声之中，播放着勃拉姆斯的《摇篮曲》。工作中的人们全都背向着我。也就是说，我出来的门是建筑物的后门。

既然二者相接，那这里应该就是批发店直营的制衣厂吧？我从长桌子边上的通道若无其事地往前面的门口走去，突然听见一个熟悉的声音喊我的名字。在桌子中间挥手的是我的旧同事，他在数年前像谜一样失踪了。

"本桥先生！您在干什么呢？"

"嘿，你辛苦啦。"

本桥先生跟前的缝纫机垂下一块鲜艳的黄色布料。他站起身，向我走来。他身穿一件领口皱巴巴的圆领T恤衫，配一条木槿花图案的中裤，似乎比原来更有风度了。

"本桥先生，在这种地方见了面，吓我一跳啊。"

"嘿，好久不见好久不见。你跑业务？"

"对啊。我来找那边的仓库……"

"噢——找仓库啊，辛苦辛苦。"

"本桥先生，您在这里做什么呢？"

"——做什么？就是你所见的干活儿呀。我是一个员工。"

"那时您突然就不见了，公司里的人都很担心呢。您就留下一句'去做个健康检查'就走了。到现在大家还经常说起。"

"噢，那是给大家添麻烦了，抱歉抱歉。不过你瞧，我挺好的哩。当时确实是打算去做健康检查的。

大家还好吧？"

长桌前的年轻女性们手里忙碌着，视线还不时往这边瞄。于是我才察觉，女性们都很年轻，几乎都在可称之为少女的年龄。当中有浅黑色肌肤的女孩子、光头的女孩子、满头辫子的女孩子，她们无一例外都戴着耳机。

"真没想到在这种地方见面啊。"

看到本桥先生完全放松的笑容，我想知道他数年前失踪真相的八卦心情难以抑制。传说中与他私奔的萨尔萨舞蹈班的教师之后怎么样了？见面才几秒钟就问这些会很失礼吗？

"这里不大合适，我们那边说话吧。"

本桥先生指指工厂前方，有一个不大中看的休息角落，摆着圆椅子。墙边桌子上有三个巨大的咖啡壶和成串的纸杯塔，显得杂乱。

本桥先生翻过纸杯塔，取出两个纸杯，一边怪笑着，一边倒咖啡："哎呀呀，终于被你找到啦！"

"本桥先生，您什么时候起在这里工作的呀？"

"就是最近啦。这里其实是我家的祖传生意。"

"啊！是说这个工厂和对面的仓库吗？"

"对。工厂、仓库和批发店。外头有位很怪的老奶奶吧？她是我祖母。"

我悄悄回头看，连接仓库的门还锁得好好的。

"我从你们那公司溜走，瞎混了一阵，到世界上逛了一圈之后，无所事事地回到这里来。你瞧，这是在巴巴多斯弄的。"

本桥先生掀起 T 恤衫，他在起伏的白肚皮上弄了个叉开双腿的全裸女子纹身。裸女本应毕现的私处前，不知何故由"Hello Kitty"坐镇。在巴巴多斯的阳光下，转生为那种地方的看门人，"Hello Kitty"真委屈死了。而这具妖媚女体属于那位萨尔萨舞蹈教师吗？至关重要的脸凹陷进白肉里头，看不见。我好想在本桥先生分层的白肉上戳一指头试试。正当我跟这种冲动作斗争时，桥本先生抹一把肚皮，放下了 T恤衫。

我做了一个深呼吸，将刚刚看见的东西驱逐之后，说道：

"我不知道本桥先生是批发店老板的公子……"

"那也不奇怪，我跟谁都没说嘛。哦，你们公司的社长知道的。因为我是找关系进的公司。我现在在这里进修。知道我在干什么吗？这里是跟批发店并行经营的改衣工场。不过，不是做改小之类的事情，是廉价进大量已经卖不动的衣服，加入一点现在的流行口味再卖出去。——超市之类的也这样做吧？把不新鲜的猪肉做成肉馅卖，跟这个做法一样。从某种意义上说，不妨说流行就是在这里被制造出来的。把原本售价一千元、十年都没卖完的短裤稍微改一下、贴上标签，就能作为一万元的女式短裤卖掉了，好吓人！这里的女孩子都是专科学校的学生，全是今后肩负起日本时尚界的希望之星！"

我们站着聊，看见一名看着我们的女孩子把耳机往桌上一摔，起身向我们走来。她作业罩衣下面穿一条短裙，脚下趿拉着一双粉红色沙滩拖鞋。本桥先生看着她从眼前走过，出门而去，脸上笑嘻嘻地说：

"最近的年轻女孩腿好长啊。"

"本桥先生，我今天是来工作的。可我还没有完成任务……"

"噢，你是来仓库取东西的吧？"

"对呀。不过，我好像惹怒了那位老奶奶……"

"咳，大家都拿老奶奶没法子。人痴呆了，还特怕寂寞，这老奶奶。"

本桥先生满满地倒上第二杯咖啡，一边发出声音一边啜饮，又将鼻子往前伸，傻呵呵地笑起来。我觉得他以前上班时，态度更认真点——是我记错了吗？看他那散漫的样子，我不由得站到了老奶奶那一边。那个老奶奶只是在干自己的工作而已。至少在这五十九年来，她一直在这个忙忙碌碌、不靠谱的世界里一天又一天看守着那个仓库。虽然她看起来痴呆，其实她比任何人都更正常。像本桥先生这种半痴呆的人，才是心底最坏、最麻烦的人吧。与老奶奶剑一般锐利的眼神相比，这位孙子的眼神就像泡烂的面条，软弱无力，简直啥也不是。

咖啡暖暖的、酸酸的。我喝了半杯，瞅准空子，用另一个壶加了咖啡，变得更暖更酸了。勃拉姆斯的《摇篮曲》放完了。约三十秒钟之后，又播放起同一首曲子。

"公司里每天播放一首古典音乐。今天是勃拉姆斯的《摇篮曲》。挺好的吧？由我来选曲目。"

"噢……批发店、仓库和这个工厂，将来都由你继承吗？"

"不会吧。虽然奶奶和妈妈都那么说，谁知道啊。我不适合当一个公司的头，我喜欢混在大伙中做单纯的事情。我手还挺巧的。在你们那儿的时候，我跑业务跑得很勉强。"

"这样啊。"

"你总是很认真，又能干。什么都是一学就会，所以也就值得教你。"

"那时候承蒙关照了。"

"要说人是蚂蚁还是蟋蟀，你应该是蚂蚁吧，可我是蟋蟀啊。我希望我活过的证据是这样的——虽然没有认真面对人生，但也顺其自然地活过来了。再说得明白点，我总希望待在自己的人生之外。我希望躺着，一边抠鼻孔，一边看着自己空荡荡的人生。我希望在长空中展开翅膀，远走高飞……"

"……"

"我也尊重蚂蚁的生活方式啦。只是，我只能像

106

蟋蟀那样活而已。不过——你见过蟋蟀吗？"

"没见过。"

"关东人不太熟悉这些吧。蚂蚁你们倒是都知道嘛。提到日本的虫子，会想到什么呢？不算螳螂之类的。和蟋蟀长得相近的是蚱蜢吧？不过蚱蜢乱蹦乱跳的，没有享乐的感觉……"

"本桥先生，我要在仓库里找衣服。我得回去请老奶奶原谅……"

"咦？你请我家老奶奶原谅什么呀？"

"那个，我迟到了……"

"啊……好像最近的女孩子都不把迟到当回事儿嘛。我这边也是啊，她们住在离这里几步路的宿舍里，迟到个五分钟十分钟的，跟没事一样。迟到三十分钟了，就来我这里道歉。——哦，轮班工作时间也归我管。可那些女孩子叽里呱啦的，净是同样的说辞。个个都是不走心的、表面的道歉。真感觉自己做得不对的话，应该会手足无措，说话结巴的吧？不过我自己倒是没有这种经历。"

我站起来，把纸杯捏瘪了，丢进垃圾桶。

"我差不多该告辞啦。"

"噢，我——一起去吧？"

"不用了。"

"不不，一起去！老奶奶不是生气了吗？反正我们也好久没见了，大家冰释前嫌，再多聊聊吧！"

我原打算坚持不要他去的，但本桥先生手握纸杯，跟到了门外。

　　日照依然猛烈。出入口右边的屋檐下，刚才走出门外的"希望之星"仍在边喝可乐边抽烟。身后本桥先生在对她说话，我沿着墙壁走向对面仓库的正面。虽然经历了种种混乱的情形，但归根结底我的目标只有一件事情：立即找出红色斗牛士式晚礼服和卡门式长裙，然后再完成下一个约见。

　　终于回到了仓库前面，刚才浸水的地面已快干透了，给茄子浇水的男子已不见踪影。赤褐色的大门依旧悬挂着"巡逻中"的牌子。本桥先生从后追来，喊道：

　　"老奶奶还在弄尼龙膜啊。"

　　他捏起牌子，把没有阳刚气的脸凑近去。但我毫不在意地推开了大门。

　　虽然电灯泡亮着，但从外往里面看，几乎是漆黑一片。看见了我刚才丢下的包和上衣，我拿起它们返回大门外。然后独自进入仓库，关上门，但门随即又打开了，本桥先生进来了，嘴里嚷着："为什么撇下我！"

　　"柳生女士？"等眼睛习惯了电灯泡的暗淡灯光，我试着喊，"请允许我找衣服！"

　　"奶奶，这位女孩子是我从前公司的后辈，您原谅她吧！"

没有出现预期中的老奶奶的怒吼。喊叫的回声一消失，仓库又笼罩在一片寂静中。老奶奶是中暑了，还是老毛病发作，倒在衣服中间了？老奶奶已经看守这仓库五十九年，也许这才是最符合她的、最对得起她身为五十九年仓管员的辞世方式？……可是，真的有某一种辞世方式可以对得起人活过的岁月吗？

我们正不知所措时，从正面的轨道与轨道之间，层层叠叠的尼龙膜深处突然冒出一顶麦秸草帽。那帽子周围响起唰唰声，悠然移近前来。

"你要找的是这个吧？"

来自衣服海洋的老奶奶的两只手上，的确捧着红色斗牛士式晚礼服和卡门式长裙。

"太佩服了！我来取的正是这两件衣服。非常感谢。"

我深深鞠躬，老奶奶爽快地将衣服交到我手上。她脸上甚至浮现了微笑。也许她一吸入熟悉的仓库的空气，就恢复平静了？她跟在外面时判若两人。

"奶奶，太棒啦。"

老奶奶眯着眼睛看说话的本桥先生："这不是健太吗？干得开心吗？"她发出对小孩子说话的哆声哆气。

我松了一口气，开始准备告辞。

"柳生女士，我今天迟到了，非常抱歉。您找出了衣服给我，实在是太好了。可以请您在这里简单签一

109

下收据吗？"

我说完了才察觉，收据放在外面的包里。

"我马上去取一下，请在这里稍等。"

说完之后，我打开门弯腰拿包时，老奶奶也走出仓库外。她那双眼睛与初见时一样，燃烧着好战的光芒。

"大白天，一个姑娘家撅着个大屁股……你爸妈得哭了哇。"

"柳生女士，请在这里签名。"

"你是在命令我吗？"

"奶奶，在这里签一下。"

从仓库出来的本桥先生夺过收据，把钢笔塞进奶奶手里。然后按着不情不愿的她写上名字，将一式两份的上面一张撕下，夹在中裤的裤腰上，另一张递给我。

"给！这样行了吧？"

我抱着衣服，穿上濡湿的上衣，捡起包。

"奶奶，您漏字啦！"

本桥先生挪动奶奶拿笔的手，在"巡逻中"的左上角加了一个圆圈①。因为她暴怒起来，圆圈被大大地写到大门上了。

"啊啊！你又来搞多余的事情！我的仓库你想怎

———————

① 原文中，"巡逻中"的日文单词一直缺了一个圆圈。

110

么样！你别管我！让我干活！"

"知道啦，奶奶。您在里头干活吧。"

本桥先生一边轻揉暴怒的奶奶的肩头，一边用脚打开大门。老奶奶一挺身，麦秸草帽掉了，飞到我脚下。

二人拉扯着走进仓库，返回恐怕是跟他们的人生直接相关的昏暗中去。那里的另一边，少女们踩着缝纫机。谁也不喝的咖啡变凉了。在完全隐身仓库之前，老奶奶往这边看了一眼，看似微微一笑。

一阵风起，脚边的草帽被刮向旁边的茄子盆栽。青青的茄子叶在午后阳光下发出柔美的亮光。草帽掠过那些叶子，飞到空中，越过仓库街的屋顶，消失在远方的蓝天。

你的人格

从前，仰望夜空的古希腊人，发现了在苍穹中移动的众星中，有的星球会突然打破规律、动向诡异，于是他们将此星取名为"彷徨者"，也就是日语中所谓的惑星，而惑星之一的火星，据说今晚会以中距离接近地球。

　　我在建于狭窄山坡中的一间酒店的咖啡室里。

　　靠近入口的窗边桌前，一位白发老妇人手指勾在咖啡杯把手上，凝视着空中发呆。她戴着一条大颗珍珠的项链，轻轻收束的白发与项链是同一颜色。咖啡室另一侧，墙边冷藏柜前的桌子前，一位下巴上胡子拉碴的中年男子戴着圆眼镜，摊开了一份英文报纸。他的胡子、黑色的宽松大衣，如果再戴一顶有檐的帽子，那简直就是电影里出现的犹太教的拉比。

　　除了将我带到里头靠窗桌的年轻侍者，这个咖啡室里没有其他侍者。此刻，这名年轻侍者并没有特别关注哪一位客人，但他站在通往厨房的通道边上，那里可以看到整个咖啡室情况。

　　几分钟前，弗拉明戈舞蹈班给我打电话，说因有新情况，希望约定的见面延后一个小时。那时我正穿过车站的闹市，走在通往舞蹈班的窄小坡道上。我一边讲电话一边走，结束二分三十四秒的通话时，来到了这间小巧的三层酒店跟前。

酒店深蓝色的门上部，排列着写了英文字母的瓷砖，一块瓷砖写一个字母，上书"HOTELSLOPE"。暗绿色的墙壁上，六个伸出的小窗摆放着天竺葵盆栽……如果能在如此有家庭气氛的酒店房间里躺一个小时，肯定能消除半天的疲劳吧。即便不能躺，我也想从容地喝杯热红茶，就接近而来的红色惑星展开一下想象。建筑物右边的狭窄楼梯直通夹层的咖啡室。我走上台阶，进了里面，点了一杯柠檬茶。

我是从电车内的液晶显示屏知道火星将以中距离接近地球的新闻的。据说火星约 687 天绕太阳系轨道一周，由公转周期之差与轨道间宽度的关系，可知火星与地球会以每两年两个月一次的频率接近地球。电视放出的路线图下方还有一个四方画面，显示着太阳系轨道的简略示意图。地球和火星的确靠近了，但似乎并不是近到会发生碰撞。假如地球和火星的距离近到要发生碰撞，那么夜空的黑暗会有多少被那颗星的红色掩盖呢？

我从包里取出钢笔，打算首先从已知情况入手，进一步了解。

地球 $360 \div 365$

火星 $360 \div 687$

　　从这个除法得到的数字，就是以太阳为观测点时，各惑星一天里在天空上移动的角度……我将第一个笔算答案写在纸餐巾上，求得小数点后第三位（0.986，余数0.11）时，柠檬茶端上来了。我头痛起来。我用银色小夹子从放砂糖的小瓶夹出三颗方糖，放进茶杯。用匙子拨动柠檬薄片，方糖渐渐溶解。喝一口，满嘴的甜。此刻，在我停止计算的期间，两颗惑星也正以极高速度相互接近。凭一杯红茶，实在抵不住那种速度。

　　我正要向年轻侍者挥手，他已经拿着菜谱往这边迈步了。

　　"我要一份干酪丝通心粉。"

　　年轻侍者接过菜谱，静静退到厨房。

　　我站起身，去看冷藏柜摆的蛋糕。要站在柜子正面，必须从一身黑打扮的"拉比"后面通过。通过时，他稍微移了一下椅子。他喝的是俄罗斯红茶。我把蛋糕一一看过之后回过头，见他从报纸抬起头，看着这边。目光相遇了——但这感觉只有一瞬间，他的视线似乎已越过我，望向了远处。

　　我返回座位不久，冒着热气的干酪丝通心粉就被端上来了。作为既非午餐亦非晚餐，半中间吃的东西，没有比干酪丝通心粉更好的了。尤其是浇了奶油沙司、烧焦后变得有嚼劲的通心粉的边角，最美味不过了。

浇上塔巴斯辣酱油、拿起叉子时，餐桌被一个影子笼罩住了。我抬起头，见"拉比"坐在对面。

"我可以坐这里吗？"

我且将叉子插入带着焦痕的通心粉，送进嘴里。他仿佛本来就一直坐在那里似的，落落大方地抱着胳膊，微微笑着。这样子面对面地看，他那下巴上泛着灰色的胡须凌乱得简直就像体育馆地板上丢弃的排球网。

"什么事？"

我咽下了通心粉之后问道，他把水杯挪近我，说"请喝水。"

"很抱歉突然打扰。有件事情想麻烦您……"

我手握叉子，喝了一口水，让嘴里清爽了。然后再卷上五根通心粉，送进嘴里。

"我不是怪人。我要告诉您的事情，您绝对会感兴趣的。"

拉比伸手进黑色衣服里，取出一个银色名片盒。

"我是做这个的。"

世界人格供给商会 日本支部长
柳祭实

我没有接递来的名片。

"姓柳祭，名实。"

对方把名片放在桌上，和水杯一样，推到我这边。

"您或许有戒心吧，我们不是新兴宗教那种团体。本公司是总部在挪威奥斯陆的国际企业。"

"所谓人格供给商会……是跟人口买卖相关的？"

"不不，完全不是一回事。我们不是非法组织。"

"那您……"

"跟敝公司名字所示的一样，是一家以供给人格为目的而创业的合法企业。"

"所谓的'人格'是一种隐语吗？或者就是字面上，那个character意思的人格？"

"当然，就是您读的这个字。就是关于这个'人格'的意思。"

我停住手，再次正面注视对方的眼睛。他摘下圆眼镜回看我。有如此个性化的胡须、喝着俄罗斯红茶、阅读英语报纸的男子，哪儿来的心情，要用这么笨拙的欺诈手法对付一个吃干酪丝通心粉的女子？

"那个……所谓人格，能卖吗？"

"好卖得吓您一跳呢。"

"可是……怎么卖？"

"访问专用的网页，个人下载或者直接邮寄。近九成的顾客选择使用信用卡结算，当然也可以使用银行转账或货到付款。"

"是指出售游戏之类的卡通形象吗？"

"噢……也可以应用在那些方面……不过，我们所提供的，的的确确是服务于人们营造的现实社会生活的有机人格商品。"

我沉默了，柳祭先生"啊"了一声，摸摸鼻尖，端正了坐姿，说道："我太急于求成了吧。"

"请允许我再详细、具体地介绍一下吧。本公司提供的是人们的人格，即俗语所说的'character'的模板那种东西。对每一位顾客来说，本公司收集、生产的多种多样、丰富多彩的人格商品之中，必有一款商品易于与顾客天生的性格相融合，且不被周围人察觉顾客有改变人格的愿望。还可以根据意识高的顾客的要求，制造独一无二的特制品。即所谓人格的高级时装店，顾客像换衣服一样更换人格。"

没准这位是假发商或者布料商店的推销员？虽然这位柳祭先生剪短发，但与他的胡须不同，他的头发黑乎乎的，发量也丰富。黑斗篷似的短外褂可能是百分百的绸缎料子……表面上带有极高级的彩虹色光泽。

"日本支社成立仅仅几个月，但奥斯陆总公司已有近四十年历史。创业者佩特尔·舒文逊原是一个贫穷伐木工的儿子，但据说他七岁时，已经画出了全村人的关系图，并附有侧面像。在这个过程中，他无意识之中悟出了人格生意可以被广泛推广。十三张画纸画出的人物关系图仿佛花纹般美丽，现在已经装裱展览在奥斯陆总公司的接待处。"

"挺有趣的故事……但我不明白您说的事情。"

"噢噢，别急，慢慢来吧。我会解释到您慢慢接受的。"

年轻侍者从柳祭先生原来的位置把他的俄罗斯红茶彬彬有礼地端过来。柳祭先生温言道谢，拿起杯子喝茶。

"总而言之，我们的信条是多样性第一，预备了所有的人格，向有需要的顾客提供。比如苦恼于如何才能不与人发生争执、轻松开创事业的新社会人和学生们，作为代言人，不得不在媒体上露面的一流企业家们，对子女的未来感到担忧的年轻父母们。也有些是用于设定现在飞速发展的人工智能的性格背景。还有——我们只在这里说说，不要外传：来自知名作家的需求也很多！因为可直接用于登场人物的角色设定嘛。我说出名字您肯定会吃惊。"

"嗬嗬，原来有这么多需求啊。"

"近代以来，我们有幸生于先进国家，生活在一个万年青春期的时代。我们得到的教导，是花一生去发现自己是什么人、吸引他人、建立基于固有人生经验的坚实的自我同一性……仅仅是稀里糊涂吃了睡、发情，在现代已然不算是活着。所以，本公司为忙碌于求学、工作、育儿、看护父母等等的现代人，预备了一定程度上已经完整的人格，为各位的自我同一性的形成提供一臂之力。"

柳祭先生一口气解释至此，颇为满意地点点头。虽然说话的是他，可不知为何我听着却感到喉头干涸。我一口喝干手上杯子里的水。

　　"感觉是很厉害的工作啊。不过，我对这样的商品没有特别的需求……感觉本身的人格也就可以了……"

　　"没错！"柳祭先生深为赞同地倾身向前，"正是这样的——我们就是因此厚着脸皮也要花掉你们的宝贵时间。决定本公司商品品质、重要且主要的资源，正是自己人格圆满者，无需增强、天生就保持强大的人格者……刚才在那边我们目光相遇时，我就明白了。您的人格如同奇迹之泉，取之不尽。"

　　"……"

　　"明白地说吧。也就是说，面对即将到来的新世纪，为了人类的发展和繁荣，希望今后您允许我们开采您的人格。"

　　我目瞪口呆之时，柳祭先生默默起身，从原来的桌子上拿了银色公事包回来。公事包上了锁，他花了相当长的时间开锁，然后微笑着抬起头。由于盖子挡着，从桌子这边看不见打开的公事包里的东西。

　　"那个……所谓'人格'……能够开采吗？"

　　"是的，当然可以。"

　　"是用里面装的东西？"

　　"是的。"

"就算真的能开采人格，卖得出去吗？"

"我一再强调：人格能卖。但它是这样的：为了形成较为自然的人格，必须以自然人格为基础来制作。为此我们担任这样的职责：走遍全国的山山水水，开采生活于当地的个性化人格者的人格，输送回奥斯陆总公司。世界各地发送的人格样品会在总公司的工厂里，由熟练技师亲手调配、精制，之后刊载于全公司通用的商品目录。"

"那个，不过所谓的开采……使用那里面的东西——具体是怎么做呢？是像献血那样，在身上扎一针，从中抽取人格……吗？"

"如果将一连串的做法比之于献血的话，就是那样子。负责起针的，就是我本人。"

"啊，那就是说，您要像德古拉——吸血鬼那样……"

"我不会咬您，但如您所说，现代的德古拉吸的不是血，是人格。不仅仅是我，生活在现代的人们都一样，虽然只是程度上有所不同，但都必须在有意无意之中吸取他人人格以激活自身人格，至死方休。什么万年青春期，也许已是往昔的说法了。现在呢，有一个算一个，是全国一亿总吸血鬼①时代了。总而言

---

① 此处是借用了日本"一亿总中流"（1960年代日本的国民意识，即一亿左右的国民自认是中产阶级）的说法。

之，您接下来充分地回答我的提问就行了。"

"不过……"

我欲言又止，柳祭先生"啊"了一声，拍了一下膝盖，浮现出更柔和的笑容。

"这当然不是无偿的啦。这事情不是志愿者活动，就是一门国际化的生意嘛。在报酬方面别担心，我稍后将把谢礼转入您的银行账户。"

柳祭先生从公事包里取出一张纸，放在桌面上。看样子是填写支行名字、账号等银行信息的表格，下半部分连着保证书一类的条款，字实在太小，我无心细看。他递过手上的黑色钢笔。我没接，他就把笔尖朝向自己，放在纸上，像之前推杯子和名片一样，一起推到我这边。

"那么，表格就稍后慢慢填吧。现在我们开始开采作业，好吗？"

他边问，边不容我考虑地从公事包取出一本线圈装订的蓝色生词本似的东西。

"问题预备了八百个，难答或不想答的，请说一句'kowulu'，这是瑞典语'卷心菜'的意思。不必多想，凭直觉答就行；因为问题多，最好每个问题在五秒钟之内回答。作业过程中，我被禁止说问题以外的话，请别见怪。——那就开始了。"

柳祭先生翻开生词本的封面。

"苹果是削皮吃，还是原样吃？"

见我沉默，柳祭先生摇摇头，绷起了脸。然后他伸出手掌，从大拇指起依次合拢到手心，表示过了五秒钟。然后变成"石头"的拳头，又按照一秒一个的频率，依次伸出大拇指、食指……直到小指，成为"布"的样子。只要我不回答，看样子他会永远重复下去。

"削皮吃。"

我一回答，对方马上翻到下一页。

"土豆是削皮吃，还是原样烹调？"

"那就要看是做成什么菜……"

他又再次伸出手掌，默默地依次合拢起指头。

"削皮吃。"

之后，柳祭先生仍旧一个劲地翻动生词本，继续问处理蔬菜皮或水果皮的情况。难以置信这样的问答可以开采个人的人格。尽管如此，柳祭先生反复提问的声音渐渐带有了庄严感，仿佛在朗诵抒情诗。这是所谓的"北欧的神秘"吗？总而言之，一旦开始了，就无法结束。

几乎所有问题我都回答了"是的"。想来，能削皮吃的蔬菜水果意外地少……置身于北欧的神秘，一连串"是的""是的"的回应中，我的头脑变得朦胧起来。跟前刚吃了几口的干酪丝通心粉渐渐轮廓模糊，像奶油色的海洋波浪起伏，扩展到整张桌子。

"人心果的皮是剥了吃吗？"

"是的。"

"西蓝花的皮是削了吃吗？"

"是的。"

"凉瓜的皮是削了吃吗？"

"是的。"

不对，凉瓜不削皮吃，应该是就原样加盐揉搓，再煮熟或拌了吃……我想重说，抬起头时，看见跟前柳祭先生的脸成了大平脸，仿佛包紫菜的巨大三角寿司上放了一颗煮鸡蛋……那寿司的两端变得细长，突然向我伸展过来。我想挡开它，但身体不听使唤。猛一惊时，我两边的耳朵被插入了凉冰冰的东西。

插入了什么？这个凉凉的东西是什么……我想问，舌头却不听使唤、动不了。头部如同要停下的陀螺一样，摇晃起来。转到了某个地方，我重心一下前倾，桌面延伸的奶油色海洋近在眼前。然后，时间就这样停止了。

"好啦，马上就结束了。"

声音从后传来。说是时间停止了，其实是我被柳祭先生揪住了脖子。还好没弄得满脸通心粉，但似乎由于耳朵塞进了冰凉的东西，我的鼻涕流个不停。持续一会儿之后，传来"噗"的一声响。接着，堵塞耳朵的东西被全部拔出了。

"嘀嘀，弄到了好多啊。"

返回对面椅子的他掩饰不住喜悦，然后把食指竖在嘴巴前："嘘！"

"没关系的，现在也许有点说话不便，马上就能复原。请稍微忍耐一下。"

柳祭先生从公事包里取出试管似的东西，把应是插入我耳朵的半透明物体装入其中。然后在脸前轻轻晃动数十秒钟，停住手，确认里面的东西。

"哎哟哟，拿到这么多！"

我看到拿到我眼前的试管，试管底部积存了一些白色的粉状物。

"这就是您的人格啦。"

从耳垢可以抽取人格成分，这令我感到震惊。但柳祭先生没有做任何解释，马上开始下一件事。

柳祭先生往黑纸上倒出一点试管里的东西，然后往里面用滴液吸移管滴下一滴透明液体。再用耳挖勺似的小工具把液体和粉末混合，将其完全混成一小团后，又从公事包里取出豌豆形状的小容器，里面塞满了感冒药似的白色胶囊。柳祭先生用小镊子夹出其中两粒，置于餐巾之上，然后小心翼翼地分别将其一分为二，里面装满刚才的揉成的小块，再准确地装好胶囊。

"这样就完成啦。"

柳祭先生用小镊子夹起其中一颗，靠近我的脸。

"实在抱歉，突然做出了粗暴的举动。因为无论我多么恳切地解释，正经的现代人，都不会让一个并非医生的陌生人任意摆弄自己耳朵的。重复单纯的问题以诱人进入催眠状态，这是创业者编的一套公司传统秘笈。说来我还是个新手开采员，不得已使用了一点点辅助性药物。只在极短时间里起作用，对人体没有坏影响，所以不用担心。"

我多少已有所感觉，在他人不知情之下动用药物，令人惊讶。这不是犯罪吗？伤害罪？违反防止骚扰条例？罪名不明确，但总之不愉快。我想抗议，一张口，发出了"啊"的一声惨叫。

"噢，发出声音了。这就是说，马上就好了。在这之前，我就告辞啦。"

"啊——啊——"

"我拿它要干什么用？——就是这样使用啦。"

柳祭先生说着，捏起胶囊塞进自己右耳，用小镊子的尖端往里面推。然后他把脸歪向左侧，用手掌根"咚咚"地敲击向上的右耳。

"好了，一份搞定啦。胶囊一次只可以做两粒，一颗寄回总公司，另一颗做地区档案。也就是说，我虽然只是区区一名营业员，但同时也是一部行走的商品档案。"

"啊——啊——"

"噢，我此刻感受到您的人格正从我的耳朵扩展到全身。不过我体内已吸收了所储蓄的多位人士的人格，所以不会变成与您一模一样的人格。尽管如此，只要想找，我身上永远有您在。"

"啊——啊——"

"照这情况看，到手能自由活动还要花一点时间呢。待会儿等您能动了，请把这张转账单寄到我名片上写的住所。每月的二十五日是结算日，转账在下一个月的十日。那就谢谢您的配合啦。"

转眼之间，柳祭先生就把桌面摆开的道具收回公事包，他站起身，扫一眼周围。

"噢噢，顺利渗透着呢。您似乎是那种迈步之前会先左顾右盼一番的人啊。"

没错，这确是我多年的毛病。

"这回我似乎也终于跟普通人一样冷静沉着啦。还有呢，您是否有点说话轻率呢？路遇陌生人，就不着边际地瞎扯起来……"

"啊——啊——"

"真没办法，您一直这样动嘴巴，没办法的呀。好吧，最后教您一招吧：瞧那位夫人……"

柳祭先生指指老夫人的后背，压低声音说：

"那位夫人呢，开采时机已过。鄙人不才，修行仍远远不足，时有看错最佳时机的事。人格被过度开采的话，就会像那位女士一样，时间的流逝发生异常。尚不大为人所知的是，人格于我们的生命，起着某种体内时钟的作用。如果人格变得稀薄，体内时钟的时针就会摆动迟缓，其本人就近乎永远地活着。我们则是相反的情况，即所谓人格过多。在我们说话的这会儿，您正以数倍的速度迈向死亡。不是说您会早死，只是速度比较快。"

柳祭先生隔着收银台与年轻侍者短暂聊了几句，付了钱，精神抖擞地离店而去。

等好不容易手能动了，我把他留下的转账单抄在自己的账户信息上，把说是写了地址的名片翻过来看。

永远和您在一起

干酪丝通心粉完全凉了。

我拿过丢在桌边的纸餐巾，继续笔算地球的移动距离。就这个期间，两颗惑星依然在飞速靠近。

过了一会儿，年轻侍者拿着凉水瓶走到桌边。就在他伸手拿杯子的时候，插在通心粉上的叉子滑落地面。他迅速蹲下，捡起了叉子。他脖子左转一下、右转一下，以三百六十度扫视了周围。

小伙子向我微笑。他的右耳有一点红。

妖
精

AYA弗拉明戈工作室的地下练习室寂静无声。

贴镜的墙壁前，年轻女孩们围坐在一起，仿佛被五颜六色的喇叭裙掩埋住。她们视线的那头，是卡门式红色长裙和斗牛士式晚礼服……领口的金钮扣和红色金银丝面料在灯光照射下熠熠生辉……非常漂亮奢华的我送来的衣服……它们刚刚连纸袋一起，被丢在地板中央。

"这样子，肯定一切没戏了！"

阿雅老师用弗拉明戈舞鞋的鞋尖踢起从纸袋飞出来的卡门式长裙。但裙子并没有飞到空中，多重褶边的轻裙子只是缠住了阿雅老师的脚。老师从脚上拉下裙子，又砸在地板上，喊道："没戏了！"她哇的一声痛哭起来。

"看来没戏了！"

正面俯视着哭起来仍性感的阿雅老师的，是胡子拉碴的乔治老师……他咧着嘴唇又说了一次："看来没戏了！"

"没戏了！"

"看来没戏了！"

"没戏了！"

"看来没戏了！"

几分钟前，我敲了敲门，刚打开练习室的门就察觉到工作室内的气氛不寻常。但是，无论置身多么不寻常的状况，也不能疏忽自己的职责。于是，我佯装没事，像平时一样说了声"我来送衣服"。就在这一瞬间，阿雅老师向我冲过来，夺过装衣服的纸袋，狠狠砸在地上。

很显然，我在不该来的时候来了。

"你究竟从什么时候变成那么讨厌的女人！"

"没戏了"的口角结束，事态出现了新的局面。

"阿雅，从前的你比谁都亲切开朗，说什么你都是笑眯眯的！"

"是吧，从前的我的确亲切开朗，是人家说什么我都笑眯眯的好女人！真是一个漂亮可爱的好女人！究竟是谁让我变成了这样讨厌的女人？"

"你不就想说，是我造成的啰？"

"没错，不是你的话还有谁！"

"都怪我，让我当坏人，你就一直保持清纯无瑕吧！"

"明明是你一直摆出自己被当成坏人的样子，让我白白付出代价！你总是让我付出，自己却偷懒躲闪没担当！"

"我就是想躲也没有地方可去！你这么能干，早就把所有的路都堵死了！"

"烦死了，你再不要出现在我的人生里！走吧！走吧！走啊！"

"走就走！"

乔治老师把弗拉明戈舞鞋换成外用拖鞋之后，走了。离去之际，站在门旁的我感觉一件东西从我鼻尖飞快掠过，打在乔治老师背上。是阿雅老师的弗拉明戈舞鞋。乔治老师只"唷"了一声，什么也没说，没回头就走了。对着关上的门，又飞来一只穷追猛打的舞鞋。鞋跟打在门上，折断了。

"阿雅老师！"

在角落被喇叭裙埋住的女孩子们站了起来，发出银铃般的欢呼，围住了阿雅老师。她们坐下时显得很多，站起来却只有四个人。隔着女孩们的肩头，隐约可见脸色苍白的老师露出来的圆润的额头。

"阿雅老师，您没事吧？"

"阿雅老师，您别生气。"

"阿雅老师，您喝水。"

在阿雅老师接过纸杯喝水的时候，我捡起损坏的舞鞋查看。脚跟断得很整齐，用强力黏合剂就能解决。

"您也是，处理一下那些衣服吧。"

被一个看上去刚够二十的女孩训斥后，我匆忙收拢砸在地板上的衣服。我叠好衣服收进纸袋。但女孩们盯着纸袋里的红裙和晚礼服的目光颇为严峻。

"咋回事嘛，那些服装怎么偏偏在这种时候送来呢？太令人扫兴了。"

"阿雅老师，乔治老师太不上心了。"

"对呀。阿雅老师太劳神了。"

"即便没有乔治老师，阿雅老师也没问题的。"

四人轮流发言，安慰阿雅老师。大家不知不觉中就又坐在地上，变成一个喇叭裙组成的圈，把阿雅老师围在中心如同一朵花。

"不过，他说对了。"阿雅老师有气无力地开了腔，"他说对了……我其实是个讨厌的女人，是个悲惨的、心肠不好还死心眼的女人……"

"哪有的事！"女孩们一下嚷嚷起来，开始拼命主张阿雅老师是如何模范的女人。那声音仿佛千人齐敲金属制的乐器，什么铃鼓呀西洋铙钹呀三角铁呀的。

忍耐，忍耐，我在心里念叨着。尽管我正是好奇心旺盛的年龄，非常想参与一下别人的恋爱问题……想跟交货的负责人阿雅老师说话，等大家平静下来也不迟。我做了一个深呼吸，尽量保持面无表情，站在脱鞋处旁边等待。不到一分钟，我拿定主意另找时间再来。于是，我悄无声息地脱下拖鞋，换上我的鞋子。正当我把手放在门上时，被阿雅老师喊住了："请等一下。"

"抱歉啦。"

我一回头，不仅阿雅老师，围绕她的女孩们全都眼红红的，含着泪花凝视着我。

"您专程送衣服过来，却让您看到了不光彩的一面，失礼了。"

"哪里……"

"来的时间也按我这边的情况让您推后了一个小时……"

"没有没有……"

"不过您明白了吧？就像他说的，我真是一个任性的、情绪化的人。"

"老师，谁也没有那么说！"于是，周围的女孩们又异口同声地主张老师是多模范、多有情义的好女人。流着眼泪倾听反对意见的阿雅老师虽然刚刚才叫住我，现在却好像已经忘记了我的存在。

七嘴八舌的姑娘们长相体型都差不多，只能凭裙子颜色加以区别。粉红色、黄色、橙色、橄榄绿。橙色姑娘比其他人声音略大。

"话说回来，"橙色姑娘声音更吵了，"乔治老师原本就是个小心眼的人。初中、高中常有这种人吧，考试前完全不复习、以跟哥哥一起吸烟为傲的孩子，他们以自己比其他孩子更坏一点而翘尾巴。他们显摆权力时，反而暴露了自己的懦弱呢。乔治老师到现在，还以耍酷来维护他玻璃般的自尊心呢。"

"说到自尊心呀，"旁边的橄榄绿姑娘说，"这种人最爱玩弄周围的人的自尊心啦。为了增强自己的自尊心，他就把别人的自尊心糟蹋一番、抹杀掉。也就是说，通过让周围的人觉得自卑，把自己抬得更高。"

"阿雅老师太看乔治老师脸色了。"这回黄色姑娘说话了，"再怎么是搭档，这舞蹈班的主人也是阿雅老师，所以阿雅老师按自己想法去做就好了吧。"

"我扛不住乔治老师的口臭。"粉红色姑娘说道，"他有没有认真刷牙呀？"

阿雅老师擦去泪水，深深叹了一口气。

"头痛起来了。有人带了洛索洛芬吗？"

我跟这个弗拉明戈舞蹈班打交道已经近四年，遭遇这样的狼狈场面是头一回。

四年来，我每个月必定来这里露一次脸。就我所知，阿雅老师和她的副手乔治老师的合作就跟阿斯泰尔和罗杰斯或者穆德和斯科莉一样，一直是完美无缺的。通过四年来的闲聊得知，他们二人大学时代在弗拉明戈兴趣小组相遇，之后一直在交往。阿雅老师某一天突然想学习地道的弗拉明戈，于是前往西班牙，乔治老师也紧随其后，据说他们回国后就开了这个班。从来没有一个人心情好，另一个人却心情不好的事。不管哪一个高兴了，另一个也会同样高兴；反之亦然。他们同样受学生欢迎。所以我一直以为二人很合拍。确实如一位围着阿雅老师的学生批评的那样，乔治老师有点坏坏的（说来也就是教课时有点酒气或穿睡衣之类），但就我看来，阿雅老师完全不以为意，反而喜欢他这些地方。尽管这只是一个来跑业务的旁观者的看法……既然这世上没有一样东西是确切存在的，那么看起来坚如磐石的二人的关系因为一点偶然事故就迎来如此惨淡的终结也是理所当然的吧？

"而且呢，"给阿雅老师服用洛索洛芬的橙色姑娘又嚷嚷起来，"乔治老师还以为自己是世界上最幽默的吧？说在西班牙在鼻子上吃到了法国蜗牛，也太假了吧！还一说再说，都笑不出来了还得陪他笑，烦死了。"

"而且还很自我陶醉呢！"橄榄绿姑娘接着说，"他不跳舞的时候，一天要看八个小时镜子。太在乎发型了吧！"

"阿雅老师珍爱的迷你玫瑰枯死的事，我记得很清楚。"黄色姑娘眼睛发亮，"老师去地方公演时，拜托过他一定要两天浇一次水，结果回来一看，已经枯死了。问起理由，他说是看不见就记不起来了。老师明明那样子拜托他了！难以置信。这不单单是迷你玫瑰枯死那么简单的事，这是关于人与人之间最根本的信赖啊。"

有人提出"还有生日的事"，随即听见另一个声音说"对对，不能忘记这事"，之后是多个声音接上话，分不清是谁，又说了什么了。"还有刚开始交往的事呢，阿雅老师被问到生日怎么过，她有点客气，答说不用啦。可他就当真了，真的什么都没做！""对呀对呀，他不也过生日的吗？""没错，这事可不能忘了！难得阿雅老师做了生日蛋糕，在家里等着他，他却跟朋友在一起，整个晚上联系不上，解释说那朋友要开掘跟自己前世有仇的某豪族之墓。这是什么理由？""真是岂有此理！岂有此理！！"

"阿雅老师，您这回明白了吧？"最后，四人异口同声地说。

"那个家伙，只会给阿雅老师的人生制造困难。"

阿雅老师"噢噢"地呻吟着，双手抱头。四人仍然接二连三地说：老师，那家伙阻碍了阿雅老师的视野！难道您今后一辈子展望自己的人生时都要被他挡着吗？这样子下去您的视野就被挡住了！这真的行得通吗……行得通吗……

"这样子真的行吗？"

"不！"阿雅老师抬起头，"那不好的。"

四人一齐发出欢呼，鼓起掌来。

"对呀，对呀，就要这样，老师！"

"而且，我有工作。我不会放弃工作。"

"对呀对呀，老师好棒！"

"我无法忍受自己在他面前变成一个越来越让人讨厌的女人。他一定也是吧。我害怕会被他更加轻蔑。我们在这里互相拖后腿，一个劲地想让对方更加憎恶自己。那种关系很不幸，那种活法太难受，那样不能称之为人生。"

"老师，这种情况我们老早看在眼里，有所察觉啦。老师，您醒悟过来就太好了。"

"是啊，非常感谢大家让我醒悟了。我的心情就跟从长长的噩梦醒来了一样。我应该马上要他退出我的人生，而我也要立即从他的人生退出。"

阿雅老师一边说着一边环顾四周，我跟她目光相遇，打了个寒战。我止不住好奇心，一直听了下来，但作为一个跑业务的人，有些事情还是不知道为宜。

"那边的您。"

也许察觉到我的后悔，橙色姑娘在喇叭裙下支起一条腿，对我露出凶相。裙子暗影下的丰满小腿泛着苍白的光——没错，就跟海里的荧乌贼一样。

"我们说的话，您都听了吧？我们说的都没错吧？"

"噢……那个……"

"您负责我们舞蹈班的业务也有三四年了吧？您为何就没有察觉到阿雅老师的苦恼呢？"

"噢……实在是很抱歉……"

"您是那种邻居家有人喊救命也装不知道的类型吧。"

如此下结论的橙色姑娘扶阿雅老师起来："来吧，老师，写一份分手宣言吧。"

"让他清楚地知道，'我不再需要你了'。把他的一切从此抹掉吧。然后从头开始新的人生！"

女孩们不知从哪儿拿来了纸笔，放在阿雅老师手上。在四人的监视下，阿雅老师郑重且快速地写起来。我本想快点完成交货，离开这个地方的，但不知何时被黄色姑娘和粉红色姑娘从两旁紧紧抓住手臂，要我做分手宣言的见证人。

最后，阿雅老师签上名字，静静地搁下了笔。橄榄绿姑娘将便笺装进信封，橙色姑娘在封口处舔了一下，封好。

"好，来吧。"橙色姑娘又对我怒目而视，"虽然他刚才是大模大样走的，但那家伙嘛，不会走多远的。充其量就是在旁边的便利店抽抽烟而已。所以，请您去把这个交给他。他接过之后，请他当场看，然后请他在信封上写好送交物品的地址。等他写好，您马上回到这里。"

她说完，把信硬塞进我手里。我为什么要干？为何得我来干？我可以找理由拒绝的，但见阿雅老师憔悴不堪，默默低着头，我说不出任何话。

走出工作室，轻而易举就找到了乔治老师。跟橙色姑娘说的一样，他就在便利店外面的吸烟角，但他没吸烟，而是蹲着哭泣。我迄今的人生中，倒是见过几回男人哭泣的脸——就在今天白天也见过，但这时正值黄昏，在众目睽睽之下颤动着肩头哭泣的男人显得格外悲哀。我的胸口感到疼痛。那些女孩们把乔治

142

老师说得太坏了吧？

"乔治老师，阿雅老师有一封信给您。"

我上前递过信，乔治老师抬起哭得稀里哗啦的脸，马上打开信封。然后，他定定地看着信，看了好一会儿，期间不断在流泪。

"最近感觉跟她在一起，自己就变得很讨厌。"

乔治老师竖着将便笺一撕，然后抹去脸上的泪水。

"感觉自己变得好没用，好空虚，变得特别虚荣，就像一个披着狂野男人外皮的小丑一样。"

"不，哪有的事，乔治老师……"

"我从前可是个亲切开朗、总是笑眯眯的好男人啊！"

"不，即便现在也……"

"就像她说的，我们把彼此的人生都弄得很难受。这样的关系真不幸。请你转达她：我同意她的意见。"

"她们说，既然是这样，就请您在那个空信封上写下物品送交的地址……"

我说着，才发现忘了拿钢笔。我在衣兜里找，看有没有备用的东西。东掏西摸之间，从便利店挤出几个勾肩搭背的年轻人，一式的皮衣打扮，有四个人。前头一人看见乔治老师在哭，便冲了过来。

"乔治老师，您怎么啦？"

莫非这些年轻人也是弗拉明戈舞蹈班的学生？虽然从外表看不出，但他们口口声声喊着"老师"，还把手上购物袋的汽水、点心面包递给乔治老师。

"抱歉抱歉，我没事啦。"

"怎么可能没事？都哭成这样了！你跟老师说了什么？"

穿皮衣的一人站在我面前。

"我啊，是向那边的弗拉明戈工作室提供舞蹈服装的人，今天来交货。那边的阿雅老师让我给这位乔治老师传个话……"

"就是这个。"乔治老师摊开皱巴巴、濡湿的信，递给几名年轻人。四人往前凑，盯着信看。我趁着空隙想记住他们各自的特征，但四人都挺相似的，没有任何突出的特征。

"简直是难以置信！"

几位年轻人读完了信，争着跟老师说。

"老师，这样任性傲慢的女人，您竟然跟她合作了好几年啊？这种女人就擅长把自己摆在弱者位置，用这种表面上的弱来束缚住男人的呀。"

"而且，老师这边根本就没有注意到的事情，她也非得一一弄成对自己有利。还记得吗？因为阿雅老师去旅行而枯死的玫瑰，乔治老师不就是忘了浇水而已嘛。还有，老师相信了对方说生日什么都不需要的话，不就是尊重对方的价值观吗？既然有别人约他去挖掘豪族的墓，怎么可能在家里悠闲喝茶呢？"

"还有呢！乔治老师为了活跃二人相处的气氛，有心说些趣事趣话，阿雅老师总是没有表情，也不搭腔，偶尔笑了也让人没好印象，皮笑肉不笑的！老师，您别骗自己了，她最后一次对老师展现真心笑容是何时，已经遥远得让您想不起来了吧？"

"可在学生面前，阿雅老师又总是一副虚伪的笑脸。那种笑脸咱不稀罕，都是假的！乔治老师总为她感到难受、煎熬，我们都明白您的心情。"

舞蹈班的裙子军团也好皮衣军团也好，因为年轻气盛吧，竟然热衷于插手舞蹈老师的私生活！我不由得感到佩服，但男生们气势汹汹的样子又让我同情起阿雅老师。乔治老师也不反对，默默地点点头。看到这里，我感觉二人关系决裂已不可挽回。虽然很想看完整的经过，但下一个约定的时间又快到了。所幸上衣内兜里有一支圆珠笔。推动他们走向决裂、完成不可挽回的最后一道程序的，就是我。

"乔治老师，那就请在这个信封上写下物品送达的地址。"

"噢，我明白了。"

这时，老师拿笔的右手被一名男生使劲扯住了。

"可是，老师！"男生坐在地上，从正面盯着老师的眼睛。"老师，莫非您真要放弃了吗？"

这时，其他三名男生也蹲下来，伸出双手拉住老师的手臂。八条手臂呈放射状围绕着老师。男生们的皮衣后背在夕阳下闪亮夺目。

闪亮夺目的男生们一个劲地给乔治老师鼓劲。老师，您想迄今二人的一切努力都付诸东流吗？您以为跟换鞋子一样，能够想换就换吗？您真的想，也真的能够把一切全抹掉？……您以为……您觉得……

"老师，您没有这么想，对吧？"

"对啊，我当然没这么想！"

乔治老师大吼一声，把笔和信封往路边一扔，站了起来。

"没错，我明白……我们绝对不能那样子。无论多么互相憎恨、多么后悔，我们过去、将来都只能够在一起。这是因为，如果我们对于我们的人生都同样真诚……那么，任何时候两人都在一起，才是显示这种真诚的唯一方法。"

"既然是这样，老师！快回去吧！"

像蚂蚁搬运猎物一样，男生们簇拥着乔治老师，向一旁的舞蹈工作室走去。我捡起信封和笔，紧随其后。

在工作室里，阿雅老师在喇叭裙女孩们的环绕之下，坐在地板中央。女孩们仰望着鱼贯而入的男孩们，显示出十分愤慨的表情。

"嘿！回来啦！"

对于橙色姑娘的喊声，一名皮衣男生回应道：

"哼！当然回来啦！"

"看看他们的脸吧！"喇叭裙里有人说了，"怎么一脸蠢样呀？……不过，刚跟阿雅老师堕入情网时的乔治老师，就是那种样子啦。"

"瞧瞧她们的脸呀！"男生中有人回应了，"怎么那么单纯啊？……不过，刚跟乔治老师恋爱时的阿雅老师，就是那种样子嘛。"

"就是你们让她变成那样子的。"

这么一说，喇叭裙女孩们一齐站起来，变成一个彩虹颜色的泡泡，消失了。

"就是你们让他变成这样子的。"

皮衣男生们也都笑着，轻轻晃动着，消失了。

地板上只剩下了阿雅老师，脱鞋处只剩下了乔治老师。二人对视着。实际上不到十秒钟，却像是沉默了一段漫长的时间。

"脱衣服！"

阿雅老师说道。

我慌忙将地板上的衣服纸袋递给阿雅老师，同时一起递上收货的签收单。阿雅老师签了名，迅速脱下身上的 T 恤衫，从纸袋里取出卡门式长裙穿上。然后将斗牛士式晚礼服抛给身后光着上身的乔治老师。

"放音乐！"

阿雅老师说道。我赶紧跑到音响处，按下播放键，开始播放音乐。穿了裙子的阿雅老师站起身。穿了晚礼服的乔治老师也站起身。

发什么呆呀，赶紧溜吧！

一种看不见的力量推搡着我的肩头，我拿起公文包跑了出去。

塞尔玛和路易丝

没有时间。总是没有时间。为什么总是没有时间呢？

　　我站在商店的橱窗前，久久地面对着玻璃窗映出的自己僵硬的脸。

　　橱窗另一边，装在高级盒子里的高级手表静静地走着针。跟前的手表也好，用只有它两百分之一价格买的、我充满回忆的手表也好，都显示离下一个约会的时间只有四十五分钟了。在我这样发呆时，时间仍在迅速减少。短缺会进一步招来短缺，不久就会发生时间大饥馑。假如不管如何想活下去终有一天都得在饥馑中饿毙的话，我希望就在这里独自等待取代了遥远的未来、取代了已消逝的时间来主宰这个世界的东西给我发来信号。我希望为了那个得到启示的瞬间花掉所有剩下的时间……可这样是行不通的。因为接下来的四十五分钟之后，就有人要来办公室找我了。

　　考虑到换乘和出站后的步行，搭电车已经赶不及了。我走到路边，高高地扬起手，从拐角猛冲出一辆黄色出租车停在我跟前。我坐进后排座，说了办公室的地址。戴白手套的司机也没点头，就启动了车子。

从中午起就变故不断、不断走动，我已疲惫至极。我闭上眼睛，想在车里打个盹，但如果疏忽了，被错带到别的地方，那可就完了。都市生活经常伴随着危险。因为到处是一旦掉进去就出不来的陷阱，所以在城市里得随时注意周围，盯紧目标不放松至关重要……不过，此刻猛烈的睡意向我袭来，不但目的地，就连自己是谁都不知道了。感觉一闭上眼睛，就再也醒不过来了。

　　为了赶走纠缠我大脑的睡意，我留意起副驾驶席背后放的小广告。"速度和创造性——想要提高就在此时""点击一下就是亿万富翁！""那次相亲，会幸福吗？""MUSCLE IS INTELLIGENCE"① "真相就在那里……只要你睁开眼睛"。

　　迄今有多少坐这个位置的乘客看过这些句子，然后获得了勇气，踏进了植发、投资、高级相亲活动这些未知的世界呢？我仔细地想象着陌生的他们的生活，以此驱赶纠缠不休的睡意。这时，在我半闭着的眼睛的昏暗上方，出现了一个怀疑丈夫有婚外情的四十岁主妇，她手拿侦探社的宣传单、凝视着它。她把宣传单收进包里……打开身边的车门，她下了车……身穿长裙和健步凉鞋……她要去哪儿呢……此时我猛地睁开眼睛。在追随她、完全闭上眼睛之前，我必须

① 英文，"肌肉即是智慧"。

先确认：这名手握方向盘、掌握着我的职业命运的出租车司机，是否负得起相应的责任？

仪表板上方的乘务员证显示，司机姓名是朝日辉南，五十九岁了，看样子是位老派的司机，没有使用必备的导航系统。手套和制服帽子的白色部分都是雪白的，后视镜映出的眼神颇为坚定，刹车柔和，加速也平缓，车速简直就像搭乘筋斗云般飞快，带着浅笑的淡定的侧脸就像推着摇篮的父亲……

"您是我最后的客人。"

突然传来这么一句，我吓得跳了起来。

从后视镜窥看一下司机的表情，他跟刚才一样目视前方，表情专注。我以为是幻听，再次闭上眼睛。

"您是我最后的客人。"

他又说了同样的话。

这回我们的视线通过后视镜对上了。

"您就当是一种缘分，放弃了吧。"

"我要放弃……什么？"

"一起死吧。"

"嘿嘿。"姓朝日的司机悲哀地笑起来，打转向灯，从十字路口左转，拐上了首都高速的入口。

"司机，请您别走高速。"

"因为是最后时刻了，所以想狂飙一下。"

"即使走下面，再有十分钟也就到了吧。"

"忘掉一切，我们俩开心一下。"

"您可以在下个出口出高速，在最近的电车站放下我吗？"

"我找到死的地方了，就是山崖。"

这可麻烦了，我从公文包里取出手机，指头颤动着尝试拨打110。刚感觉司机回了一下头，手机已经在他手上了。与外部唯一的联系现已完全失去了。车子以一百公里以上的时速在首都高速狂奔。

即将横死的预感渗透到我的五脏六腑，我隔着车窗眺望向后飞逝的城市景色。因为生命处于危机中，所以感觉时速一百公里下的风景居然变化得相当慢。我觉得能看得见高级公寓的一扇扇窗户里有居民向这边招手，甚至能数得出他们脸上的黑痣……

"为什么——是我？"

我忍不住嘟哝道。朝日司机马上回应："是命吧。人的命运可残酷啦。即便此刻是最幸福的，一个小时后会发生什么，谁也不知道。"

"噢，没准……接下来您要故意弄出一起交通事故……吧？"

"故意弄出交通事故？有意思啊。我要是想故意弄出交通事故，那可就不是事故啦。那是用车杀人或者自杀。"

"杀人或者自杀……"

自我记事以来，在漫长到已经模糊的时间里，我想象过自己死于交通事故的那一瞬间，时而无畏、时

154

而忧虑，为此不断调整心态。而我此刻确认了：我将不是死于事故，而是死于他杀。虽然是意料之外，但对于我这样胆小的人而言，与其经历漫长伤病的痛苦，最终迎来死亡，可能这种易于忍受的死亡更好。顺带说一下，我刚才听说了"山崖"一词，难道此人不是要撞房撞树，而是想坠车山崖，摔死……？

"你看过'塞尔玛和路易丝'这部电影吗？"

朝日司机怒吼似的问道。

"噢？什么？"

"就是 THELMA! AND! LOUISE!"

"啊，叫作'塞尔玛和路易丝'？应该是翻译成……《末路狂花》……是从前在《午后首映》节目播放的……"

"我就自作主张啦，从现在起我叫你'路易丝'，我的名字是辉男，所以你叫我'塞尔玛'。"

"那部电影好像是——两个女人……塞尔玛和路易丝出门旅行……后来变成了逃亡吧？最后被追到悬崖边上……"

"没错，是一个关于美国南部女人的故事，她们被男性社会残酷地折磨着。不过，不仅仅是这样，它也是全世界被折磨的人们的故事。是被贪得无厌的家伙夺走了自由和仅剩的一点点运气，一直吃亏和受苦的我们这种人的故事！"

也许是面临死亡时理性的闪光吧，老早前心不在焉看过，从没有想起过的电影《末路狂花》的所有画面在我眼前呼啸而过。最后一个画面，是被追到悬崖边的塞尔玛和路易丝激吻之后，驾车冲出悬崖，向着自由飞翔。飞翔前的接吻……我今天也会跟这个刚认识的中年男子那般激吻之后，向着自由飞翔吗？

"在电影院看这部电影，已经是二十五年前啦……那时候我有老婆，还有个刚出生的小助，那时候多幸福啊……可现在呢，年老体衰、孤独一人，成了这副样子啦……幸福的时光，无论多么短暂，任何人生都确实有过的。哎，路易丝，你也有那种时光吧？"

"是说我吗？"

"这里还能有谁？"

我想回忆起自己的幸福时光。想不起来。每段时光的我，都是胆战心惊、局促不安、脸色苍白的，从未处于我回忆画面的中央，一直在角落里。我不记得有特别幸福的事情，是因为我一直都很不幸吗？"才不是哩！"我确实听见有人这么对我说。可那是真的吗？

回顾一下，我的人生确实是半途而废、乏味至极。总是被时间穷追不舍、为每天的生活竭尽心力、没有知心朋友、大事小事一事无成……反正是对他人全无益处的人生，也许死掉会对某人有好处吧。假如要对迄今为止的人生略表谢意的话，也许这就是最后机会了。

我手按胸口，向自己的灵魂发问：

假如有下面两种人生，你会如何选择呢？一种是今后的某一天，你因没留意前方而被他人的车子（此车里没准还有司机的丈夫或者妻子、恋人、年幼的孩子、邻居、恩师、狗和猫等）轧死，使司机和与他同乘的人终生留下伤痛；另一种是此刻你为了抚慰一个孤独的出租车司机而死。给幸福投下不幸阴影的死和给不幸蒙上幸福之光的死，你选择哪一个？

"假如说，我的人生有过幸福的时光……"我对回过头来的司机说，"那就是现在，现在这一刻。"

"对啊，就是嘛。"

司机使劲点头，脸向前方，踩下加速器。车子跑得更快了。

"我们要去的山崖，其实是在伊豆半岛。我本来打算逃往八丈岛的，但不去那里了，就在伊豆半岛飞翔，你瞧瞧这个。"

我看看朝日司机指的方向（其实我刚才已稍加留意），仪表板前贴着美国全境的小地图。右下方的某个区域画了个小小红圈，从那里向左方拉出一条蛇行的红线，延伸至打了个大大的叉的地方。

"现在跑的是这里——阿肯色州。"

阿肯色州是美国南部的州，比尔·克林顿出生的赫普市就在这里……

"所以，伊豆半岛是科罗拉多大峡谷，八丈岛就是墨西哥。"

"明白了。"

我点点头，察觉到奇怪的事情，刚才从车窗看见的蓝色交通显示屏上，显示的应是甲府那边的地名，而不是神奈川的。

"抱歉问一下，方向没问题吧？"

"当然啦，我不走神奈川。"

"咦？去伊豆不过神奈川吗？伊豆半岛在神奈川下方啊。"

"我就是不过神奈川。那是我讨厌的不祥之地。因为在那里发生的事情让我的人生陷入绝望……我绕路走，就这样横穿东京，经山梨过去。"

"……在神奈川发生过什么事？"

"不要提这个。"

"可是……"

"你有家人吗？"

"有父母和弟弟，其他没有了。"

"结婚了吗？"

"还没有。"

"这样啊……我的家人就老婆和儿子。不过，他们两个都被畜生似的坏蛋夺走了。我们已经将近二十年没见了。听说老婆成了那帮子人的情妇，被糟蹋得病恹恹，儿子因为恨我，自暴自弃，成了当地暴走族的头头。他从小就被洗脑，说他是被整天借债的老爸抛弃的。"

"这样啊……"

"我从前也好，现在也好，都是一心只管开车。我认为这是我的天职。初次遇上我老婆时，我就是出租车司机，她是乘客。只是这世间既残酷又卑劣啊。有好多贱种，你想不到穿制服领钱的人，能卑躬屈膝到哪种地步！被人赖掉车钱是常有的事，有那么两三次几乎没了命！"

"这样啊……"

"我被那些畜生夺走老婆孩子，还天天被乘客骂，任谁都会爆发吧？孤独一人二十年，我一年三百六十五天，一直被撕扯着，被自己的无能为力、被人类的野蛮和不知羞耻！我想，总有一天，我要付诸实践。恰好就是今天，而你今天不巧上了我的车而已。"

"这样啊……"

"《末路狂花》是我跟老婆在电影院看的唯一一部电影。她也很喜欢这部电影。她常说，假如必须死的话，就选那种死法。我也完全赞同。事到如今，她已经做不到了，就让我来替她做吧。"

"原来是这样……"

"我的事说得差不多啦。也该上来个'布拉皮'了。"

朝日司机在最近的路口下了高速。于是我又想起了：那部电影里搭便车的小伙，是年轻时的布拉德·

皮特，戴一顶高顶宽边呢帽！布拉德·皮特的角色自称是大学生，其实是小偷。尽管如此，年轻帅气的布拉德·皮特还跟塞尔玛或路易丝中的一位有了一腿。此刻上来的人，莫非也得跟司机或我来那么一腿吗……

朝日司机在甲州市区的加油站停下车，对上前来的店员说了句"老样子，装满"，从制服内兜取出两副一样的墨镜。

"戴上这个就有感觉了！"

他递给我一副，说声"我去打个电话"，就走出车外。我想，如果有位"布拉皮"要上车……我下了车，从后排座换到副驾驶座。

西边天空上有着大片晚霞。染上了橙色和粉红色的细云低低地垂在天空上。

我对夕阳之间投下的柔和光线发了毒誓：在我转世再生之前，我决不会忘记这一景色。

今天早上一如既往地醒来，上班，午饭之后再工作。然后理应一如既往地眺望夕阳，继续工作，回家就寝。不过，此刻眼前的夕阳，并不是像昨日那样一如既往的夕阳。这是我在这世上最后一次看见的夕阳，是我此生所见的最美丽的夕阳。

因为几个小时之后，我将什么都看不见，所以无论我怎么凝视夕阳，都不必担心伤害视网膜了。太阳在我之后仍将熊熊燃烧五十亿年，那五十亿年后的最后一天，可能残留在太阳上的一点点孤独和幸福，此刻正在我心里。

“‘布拉皮’来啦。”

后排座的车门打开，进来一个背旅行包的圆脸小伙。背包到处都别有粉红色头发的卡通少女徽章，他身上的衬衣也到处印有同样的图案。

戴墨镜的朝日司机染上了几分塞尔玛的风格，坐上驾驶席，转动车钥匙。我也假装自己是路易丝，戴上了墨镜，查看美国地图。

“哎，挺粗鲁啊。您真的会拉我去船桥吗？确确实实没错吗？”

噘着嘴的“布拉皮”一边用 T 恤衫的衣角擦眼镜片，一边说道。

“当然会带你去啦。”

朝日司机满不在乎地答道，但我们去的不是千叶而是山梨。

车子跟原来一样驶过甲州市区，向着夕阳开去。

“喂，后排那位，赶紧说说你自己的身世。”

“哦，是说我吗？为什么？”

“不为什么，说就是了。事情就这样，你按我说的做。”

“请按他说的做。”

我从副驾驶座回头叮嘱道，小伙子一边嘟哝一边想在智能手机输入文字。我伸出手一把夺走那个通讯工具。小伙子也没出声抗议，只是目瞪口呆而已。他们属于没有危机意识的一代？抑或是他个人的性格？虽然这辆车子从内到外一目了然，怎么看都是普通的无线电出租车，可他怎么就能相信人家会免费送他到船桥？话说回来，在临终时刻步步接近之中，目睹一个人如此朴素地相信别人是善良的，仍然令我胸口发热。

"喂，你大学学的什么？"

对于朝日司机的提问，小伙子答道："也没学什么。"

"可是，总还有个什么系、什么专业的吧？"

"算是人文系的……文化……之类的吧。是叫作某某文化专业的。"

"行啦行啦。然后呢？"

"我对这个没兴趣，只能解释这么多了。"

车子再次通过高速路入口，在右车道开始加速，越发远离市中心。

"请问，我累了，可以睡一下吗？"

"睡觉可不行。"

我回头提醒他，但后排座的小伙子已经闭上了眼睛。不行，这可不行！如此没有霸气的"布拉皮"如何能迷住我们！这么一来，这次逃亡就不成立了。

"喂！喂！"

我伸手使劲晃他的膝盖，小伙子不耐烦地瞧瞧我的脸和后视镜里的朝日司机的脸，说道：

"你们俩戴同样的墨镜是什么意思？"

"刚才说了嘛，就这样子定的。"朝日司机回应的口吻有点不耐烦，"你呀，下了车，直接去最近的录像带租借店，租一部叫'塞尔玛和路易丝'的电影。"

"嗯？为什么？塞尔玛？"

"THELMA！ AND！ LOUISE！"

我从副驾驶座吼了一声，小伙子连声说"是是"，夸张地捂住耳朵。

"我说啊，你如果有偷啊抢啊的经历的话，就简单地跟我们说说。"

"哈？我怎么会有那种经历？"

"你好好回想一下。这对我们很重要。"

"哦。噢……我小时候，偷过附近园艺店的蔬菜种子。"

"怎么偷的？"

"什么'怎么偷的'啊？……就是在门口店员看不见的架子上有许多种子，我想偷走一个没事吧……只是一时起念。马上就被母亲发现了，还去给人家赔礼道歉了。"

"是店员看不到的架子上啊……"

"咦？刚才路牌上是'甲府'吗？甲府岂不是在山梨？山梨在东京的左边吧？要说船桥，在东京右边啊……您没走错吧？"

"不好意思，去不了船桥。"

"您不去船桥吗？那您要去哪儿呢？"

"目标是八丈岛，但到不了，在伊豆半岛某处就结束这次旅程。你用不着去那边，在山梨的某个地方消失就行了。"

"噢……那从山梨去船桥，怎么走好呢？"

司机和我一时愣住，闭口无言。不一会儿，小伙子"我不干啦、我不干啦"吵闹起来。见我们不理他，最终哇哇大哭起来。

朝日司机看不下去，伸手打开了仪表板。

"戴上它，打起精神来！"

小伙子接过表面涂层处理过的高顶宽边呢帽，按照吩咐戴在头上。尽管一瞬间他对后视镜中自己的模样感到恍惚，但似乎一旦哭开了就收不住，继续痛哭起来。

"实在是个可怜虫啊。没办法，在这里重来吧，另找一个'布拉皮'。"

朝日司机再次在高速出入口下了高速，前往最近的私营铁路车站。车子停下，一开门，小伙子就像子弹一样向车站狂奔。朝日司机从后追上，抓住他肩膀，把高顶宽边呢帽一下子拿回来，再给他脸上来两巴掌提神，然后悠然回到车上来。

"肚子饿啦，吃点热乎乎的面条吧。"

我听从他的邀请走出车外。就在我们并肩朝站前

164

的乌冬面店迈步时，背后传来了一声呼唤：

"爸爸！"

一回头，只见一个年轻人止步望向这边。他身穿浆得笔挺的格子衬衫，配一条裤线明显的卡其色休闲裤。他身材魁梧，整体上看比刚才那位小伙年轻三四岁的样子。光滑的肌肤和清爽的蘑菇头还带有少年的天真无邪。

要做我们的"布拉皮"，这种孩子才合适……我默默看着他时，年轻人直接向我们走来，拉着朝日司机的手说："您是我爸吧？"

那只纤弱的手腕上，戴着一只闪亮的劳力士手表。

"爸，您又玩电影游戏啦？"

朝日司机没有回答。

"这副打扮……是《福禄双霸天》？《落水狗》？还是《黑衣人》？"

"是《末路狂花》。"

朝日司机说着，摘下墨镜，问年轻人："上补习班？"

"不是。住这的朋友说买到了稀有的孟加拉猫，我就特地来看了。坐了四十五分钟电车过来，看见的只是一只随处可见的豹纹猫。朋友还看得死死的，摸也不让摸，真是浪费时间。现在准备回家了……哎，这身工装和出租车，比平时花心思啊。怎么弄到手的？花多少钱买的？"

"你不知道比较好。"

"爸，您这么干迟早会被抓的。说到《末路狂花》，是两个女人逃跑的电影吧？怎么能是爸您呢？为什么还是个司机？"

"不这个样子，谁会上我的车嘛……"

"良子小姐会随时配合的啦。对啦，妈妈刚才来邮件说，家里这会儿要来一位筑地的厨师，晚饭前表演解剖金枪鱼，所以得早回家。"

"是吗？"

"难得遇上了，就坐您的车子回家吧。"

说到这里，年轻人才跟我对上视线。

"良子小姐，不好意思，总是让您配合我爸的奇特爱好。可以的话，请您现在过来家里观看金枪鱼解剖表演好吗？"

"金枪鱼……"我开口的同时就察觉，我已经不再是"路易丝"。从现在起，我变成了不明来历的"良子"，可以作为"良子"随便吃新鲜的金枪鱼……只要我愿意。多容易的事啊。多愉快的事啊。

就在我张口刚要说出"我去"时——

"不了，她就不用了。"

我曾以为的朝日司机返回我曾以为的出租车，从仪表板下取出一个褐色信封。

"这算是演出报酬。谢谢你今天的配合。"

原"朝日司机"摘下墨镜返回，硬拉起我的右手和我握手，然后让我的手握住信封和之前拿走的手机。信封很厚、很沉。

"哎，爸爸，我不想养什么豹纹猫，我想养一只真豹子呢。我去查一查得花多少钱。哎哎，您会买吧？"

父子俩上了车。随即车子发动。我以为车子就这样开走了，谁知爸爸一个人开了车门出来，又在我跟前站住。

他脱了右手的白手套，再次握我的手。

"不过请你相信。我真的想逃离这样的人生。"

二人乘坐的车子绕过掉头处，开走了。

被撇下的我摘下了墨镜。

西边的天空仍旧一片茜红色。

就这样，我活下来了。虽然肯定活不到五十亿年，但我仍活着。说来，以那种方式将晚霞深深刻在心里之后，将太阳最后一天的孤独和幸福在心中感受过之后，今后所见的任何夕阳，都不再是见惯不怪的夕阳了吧。我再也不能用曾经无所谓的眼神眺望夕阳了。

约见客户的时间早已过去了。置身于陌生的城市、匆匆归家的杂乱人群中，我孤身一人。

姐姐，加油

从电话中获悉，约见的客户十分钟前回家了，我沮丧地踏上归途。

　　已回家的客户，是合作的踢踏舞班这个月刚加入的新生。她的老师昨天一再叮嘱我，帮她选择合适的踢踏舞鞋。这次约见被我生生破坏了。

　　"她说了会再来的啦。"

　　电话那头的富士小姐如此说道。可为何不派人替代我去谈舞鞋呢？富士小姐也好，管库存的伊吹先生也好，都曾经跟我一样做过上门客户的呀。尽管自己还处于犯了失误的打击中，工作却没减少；非但没减少，要做的业务还滚雪球似的多起来了。回家之后，去晚上的聚餐前，还必须填写销售日志，构思通知本周进货商品的电邮杂志的文章，定出下个月的促销策划，选出库存特价品。没有时间发呆。我下了电车赶紧给老师打电话道歉，赶回公司。

　　在半地下的办公室入口，沿墙壁摆放着一溜每年长大的盆栽万年青。门口旁放了一个陶瓷金毛犬，它嘴里衔着一块写有"WELCOME"的板。一名娃娃脸青年正蹲着抚摸陶瓷狗的头，脸上笑嘻嘻的。

"姐姐。"

他是比我小三岁的弟弟，看见我面露惊喜。

一身西服的弟弟像金毛犬一样，张开嘴巴跑过来。我本能地后退。

"你在干什么？"

"今天一整天外出办事，不过最后的约会取消了。本该回公司的，但挺累的，不想回去了。"

这个弟弟是我出生三年后母亲生下的异卵双胞胎中的哥哥。他大学毕业后在净水器厂家的营业部工作，但从没见他对这项工作显示出热情。这弟弟喜欢待在家里游手好闲。比起一日三餐，他更加喜欢游手好闲。

"你为什么在这里？"

"因为之前的约会就在这附近。我进去一问，说姐姐马上就回来，所以就等你了。我还叫了阿友，难得地三个人吃个饭吧。"

"姐姐今晚是单位聚餐，去不了。"

"嘿，去不了？可阿友已经在路上了。"

"那你们两个去吃吧。"

"姐呀！阿友到之前，我有特别的事情要跟姐说说。给五分钟喝个茶吧？"

"工作还没完……"

"是家里的大事情啊！还顾得上什么工作嘛！"

弟弟说着，把我扯去跟公司隔了三家店的咖

啡馆。

弟弟自作主张要了两小杯混成咖啡，我坐在长桌角落，他坐在我旁边。他说了句"我跟阿友说一下让他来这里"，就忙碌地操作起智能手机来。

"怎么啦？我可得早回去……"

"等一下……好了。"

弟弟把智能手机收进兜里，喝一口咖啡之后，压低沙哑的嗓子说道：

"姐，先喝口咖啡，平心静气听着。"

我照他说的，啜饮一口滚烫的咖啡。奔忙一天，嗓子已疲累嘶哑，一口热咖啡喝下去，咽喉真是久旱逢甘霖的感觉。

"可以了吗？""可以了吗？"弟弟一再地问。他小心谨慎地环顾左右之后，终于小声说道：

"姐，我们家现在，正处于危机之中……其实，爸爸有情人！"

"我不想听这种话。"

"你猜那个人是谁？天啊，饶了我吧，竟然是深雪的女儿啊！"

"嗯？深雪？是谁？"

"深雪是荞麦面店的名字啊！你忘啦？从前我们一家人经常去的呀。他跟那店老板的女儿搞上啦。"

"哦，跟那位深雪？"

"不是啦，是跟深雪店老板和老板娘的女儿由加

173

利啦！跟姐你说话太累了，你好好听着啊！"

"我认真听着呢。你说深雪店老板的女儿由加利是爸爸的情人，对吧？"

"是啊！你怎么还能坐得住呀！莫非姐你已经知道了？"

"刚刚听你说才知道的。"

"我想也是，知道的就我一个而已嘛。妈妈也好，阿友也好，都不知道。"

"那为什么只有你知道呢？"

"之前的周日，我看见他们两个一起待在运动公园的温室里。"

"温室？"

"是啊。我都怀疑自己的眼睛了。温室里别无他人，二人在观察仙人掌。靠得很近，挺亲密的样子。"

"你没看错？"

"行了，那绝对是爸爸。虽然我也没干什么亏心事，但我还是觉得不能被他们发现，就逃走了……"

"……之后有跟爸爸说起吗？"

"没有啊，怎么可能说呢，姐！我跟爸爸怎么聊由加利啊！"

"可你也许看错人了呢？"

"不可能，那绝对是爸爸啦。当了自己三十年的爸爸怎么可能看错？不过，我也是成年人了，打算保持沉默了事……"

既然这样，你也别对姐姐说好了。平日业务中就经常被扯进别人的痴情故事里，现在还非得背负自家的这种破事吗？不，我绝不想听这种事情。再怎么破罐子破摔，路还是要自己走的。丑恶的情绪必须断然制止……

"虽然很难受，为了爸爸，你还是沉默了事吧。"

"可是，还是不行啊。他是跟深雪店老板的女儿呀。我们从小就全家人在人家店里吃荞麦面的呀。对方是老板娘还好说，是人家女儿呀。就比姐姐大一点点吧？爸爸去年退休之后就闲着没事，因此就吃了窝边草了。"

"可能是吧。但爸爸迄今一心一意养家，我们也已经是成年人了，就放过爸爸吧。爸爸也有爸爸的人生。我们就退一步，悄悄守护着爸爸吧。"

"姐姐自己出去住了，所以说得漫不经心。试试在一个屋檐下生活吧，又难过又不开心的，简直坐立不安。"

"好了，我必须回公司了……"

我端着纸杯要站起来，弟弟喊一声"姐！"又扯住我的手不放。

"不知为什么，我有种不好的预感。这种时候只能依靠姐了。因为爸爸会认真听姐说的话，所以你就婉转劝劝他吧。对方可是有老公的人，不好办啊。邻居之间动刀子伤人的话，可就太难堪了。"

弟弟在智能手机上找出爸爸的电话号码，拨打过去。没等我制止他，父亲就接听了。

"喂喂？阿类吗？喂喂！"

从硬塞到耳边的手机里，传出了父亲令人怀念的声音。

"喂喂，爸爸吗？"

我无奈只好说话了。父亲笑着说道："哈哈，是姐姐啊。我手机上显示了阿类的名字，是用姐姐电话打来的吗？"

"不是，爸爸，我在用阿类的手机。"

"噢噢。是吗？阿类在你那里吗？"

"嗯，他在。"

"阿友呢？"

"现在不在，不过马上就到。"

"是吗……"

弟弟一边端起咖啡喝，一边就近监视着我。似乎就等着我兑现诺言。可我怎样才能在不伤害老爸的情况下婉转地忠告他：不要跟荞麦面店的女儿在温室约会呢？

"爸爸，那个呀……"

"正好啦，我有事情跟姐姐商量呢。可以走开点不让阿类听见吗？"

父亲的语气是少有的认真。我做好思想准备，看来他要坦白地下恋情了。我用另一只手做出"别跟过来"的手势，让弟弟别动，换到人不多的门口附近的座位。

"什么事？爸爸？"

"是阿友的事情……"

"咦？阿友的事情？"

"他最近的样子怪怪的……"

"阿友？怎么个怪法呢？"

"从不久前起，家里收到许多慈善团体的小册子呀金卡说明书呀什么的，都是寄给阿友的。"

"哦。为什么？"

"我问他，他也装不明白。不过，最近他装病不上班，好像对工作失去了热情。"

"这一点阿类也一样吧？两个人都喜欢游手好闲。阿类现在也是偷懒跟我喝咖啡呢。"

"但是呢，阿友最近特别严重。他今天也是正午前才起来，也没整理一下睡乱的头发就跌跌撞撞去上班了。"

"……这事跟刚才说的小册子什么的，有什么联系？"

"爸爸觉得，阿友是不是中彩了？"

中彩……似乎不宜立即否定，因为爸爸说得很认真。爸爸这么认真地说事，说来上一次已是十三年前。那时爸爸想把院子弄成高尔夫球场似的绿地，跟全家人说，打算买一台价值二十二万日元的高级无绳割草机。

"而且还不是中一般的彩，是中大彩。一辈子不用干活那种。"

"爸爸，我觉得您就是想多了。"

"不过，正好约半年前，阿友曾经狂买彩票了呢。那么吊儿郎当的阿友少见地在休息日早起，往出了好几个亿万富翁的银座彩票售卖处跑。据说他在大冷天排了好几个小时队，买回来三十张彩票。他还给我们一人一张，说是赠礼。他自己说是三十张……其实也许更多。"

"不过，要真是彩票中了大奖，阿友没道理秘而不宣吧。"

"咳，那种事情，你可别说得这么轻描淡写！眨眼间家庭就四分五裂啦。姐姐，你知道中大彩的亿万富翁随后的人生会有多悲惨？太大的幸运，会像霉菌一样蔓延到人的心底，从内部将一切彻底破坏。电视、杂志不是常说吗？一个人获得了能一辈子游手好闲的巨款的话，只会走上一条毁灭的路：挥霍无度、失去迄今建立的人际关系、变得依赖药物和酒精。最糟的情况，是连命都丢掉。"

"也不全都是那样吧。"

"爸爸明白。其他人不清楚，阿友一定会那样的。"

"您正经问过他了？"

"没有。——怎么问嘛。'阿友，你中彩啦？'你这么问的话，那孩子会诚实回答？"

"会吧？"

"不，爸爸不问。挺可怕的，爸爸想想都会发抖。所以，姐姐，假如阿友现在去你那边，你做姐姐的问问看吧。"

"咦，我来问……啊？"

我感受到一阵风，一回头，咖啡馆的自动门打开了，受怀疑的弟弟正好进来。

穿戴整齐的阿友和他的双胞胎兄弟穿得一模一样，圆点图案的领带配一身藏青色西装。不过确如父亲所说，相对于中规中矩的上班族阿类，感觉阿友还带着几分睡容，上衣搭在肩上，步伐也无精打采。这位上班族的西服里头仿佛正变化为另一种生物。

"爸爸，阿友刚到。"

"是吗？后面的事拜托姐姐啦。最好跟阿友两个人的时候，悄悄问下：你最近有好事情吗？发生了改变人生的大事了吗？——等你报告啊。"

爸爸不由分说就挂了电话。阿友向长桌的阿类招招手打招呼，然后在柜台嘀嘀咕咕地点咖啡。我走到他背后，轻轻拍一下他的肩头。

"唷，姐姐。"

阿友吓了一跳，把一大把零钱倾倒在柜台上。他傻呵呵地笑着，实在看不出是个亿万富翁，不过也许正因为他是个亿万富翁，才会傻呵呵地笑吧……

"我在那边等你。"

我独自返回长桌，阿类马上探身问道："哎，爸爸怎么样？"

"噢……"我语焉不详，满脑子是弟弟也许是个亿万富翁的事情。

中大彩的事令我难以置信，倒是一家的顶梁柱跟深雪店老板的女儿在温室里观赏仙人掌，吓坏了其中一个儿子……适合插手这种事情的人，肯定只有我这个姐姐了吧。

阿友过来了，他揭开纸杯的盖子，啜饮几乎满溢出来的卡布奇诺咖啡的白泡泡。

"你沾上泡泡啦。"

阿类见弟弟嘴巴上方沾了泡泡，笑起来。可我实在笑不出来。

"你怎么刚睡醒的样子。"

弟弟们是异卵双胞胎，所以并不酷似。尽管如此，还是挺像的。阿类两眼间隙窄，额宽，头发粗。阿友的鼻子比哥哥尖，脸上黑痣多。二人不是帅哥，但都长着予人好感的脸。他们简直就像刚从地里挖出来的土豆，看着眼前的两张脸，作为阿姐的我真是满心欢喜……小时候两人完全不黏我，可自从家里开始养猫娜娜之后，不知何故他们都很依赖我了。肯定是因为娜娜黏我吧。因为有娜娜，我在家里变得颇有分量。即使在娜娜病死之后，我的重要性依然不变。

就在我不知怎么开口提父亲说的事情时，阿类说声"我去一下洗手间"，离开了长桌。这时，刚才一直傻笑的阿友突然皱起了眉头。果不其然、果不其然！这孩子已经是亿万富翁了！他站在陡坡边缘，快要摔下去了，此刻正向我求救呢……就在我决心揽下这一切时，阿友开口了："我想说说妈妈的事情。"

　　"啊？妈妈？"

　　"嗯，妈妈的事。我想在阿类回来之前，跟姐说说……"

　　"是怎么回事？"

　　"姐姐知道的吧？妈妈从两三年前起，加入了一个'吟行小组'。"

　　"嗯？哦哦……是俳句的兴趣小组吧？"

　　"对。妈妈挺热衷的，每月一次的集会，从不缺席……"

　　"噢，那不是挺好吗。"

　　"仅此而已是挺好的……姐，你知道眼下町内发生了'怪信风波'吗？"

　　"什么怪信？怎么回事？"

　　"在没贴邮票的白信封里，有一张雪白的信笺，上面只写了一句芭蕉的俳句。"

　　"芭蕉的俳句……"

　　"据说一开头，信封只送往町内大人物的家，町长啊校长啊图书馆馆长啊消防团团长啊之类的，大家都没当一回事，只当是淘气而已。直到小学家长教师联合会会长的家也收到信，会长太太在义卖会后的座谈会上说起了这封信……据说这首俳句是'蝙蝠也来充，浮世之花鸟'……这时候，在场的图书馆馆长的太太就说了，我们家也收到了'食蛇闻鸡鸣，惨烈使人惊'……当时兴趣小组的头头松代小姐恰巧也在，告诉大家那是芭蕉的俳句。"

我压抑着不快的预感，催促他往下说："然后呢？"

"太太们议论后，传阅板加了'请留意怪信'的内容……但现在不单是有头有脸的人家，那一带的普通人家也都收到了芭蕉的俳句。前天，我很不巧正好看见了邻居神保先生从信箱里取出一个白信封，他发现了我，很见不得人似的藏了起来。据说拐角的小勘家也收到了，小勘也被他妈叮嘱别说出去。感觉大家都被来信警告了吧。我觉得芭蕉的俳句指出了他们各自想隐瞒、后悔的事情。芭蕉的俳句揭发了他们觉得可耻的事情。"

"我们家也收到了那种信吗？"

"那个么……我们家没收到。"

"……"

"所以啊，姐姐，你明白我想说什么吗？我觉得，这些全是妈妈她们……那个吟行小组的人干的。"

弟弟一脸认真。他这样的表情，得回溯到二十三年前的夏天、全家人一起去看电影《REX 恐龙物语》的时候。

"你知道吗？那个吟行小组的口号，是'以十七音为世界提供善'。饶了我吧，写在诗笺上的这个口号，还供在我们家的神棚上！妈妈她们是要用俳句改变世界啊！"

"可是，妈妈她……为什么我们家妈妈要改变世界呢？"

"我不知道。最近的一个早上，我假装去医院，出门一会儿就回家窥看妈妈的动静。我从院子往里头看，见妈妈在客厅桌子上摆开许多雪白的便笺，聚精会神地在上面写东西。这就是可靠的证据啦！我完全不明白妈妈在想什么。爸爸最近老在外面走动，阿类在家里吊儿郎当，怎么他们就那么迟钝呢！完全没有察觉到妈妈的异常！哎，姐啊，怎么办呢？现在寄俳句还好说，可完全不干涉的话，妈妈会变得更加过激，最后就不是寄俳句，而是寄危险品了，所以我很担心。怎么办才好呢？"

我脑子晕乎乎的。

母亲究竟是在生什么气呢？她是受吟行小组里的某个人影响才去搞那种活动的呢，还是自己个人的行动呢？不管是哪一种情况，这个家是四分五裂了。父亲移情别恋，一个弟弟是亿万富翁，母亲则是候补恐怖分子或者前卫行为艺术家。为什么？什么时候起变成这样子的？是因为我身为长女，却天天专注于业务，忽视了家人，才造成了这种情况吗？

我正愣着，上衣兜里的手机振动起来。

"喂喂？"

我提心吊胆地问，听到的是母亲开朗的沙哑声音："啊，姐姐吗？"

"刚才听你爸说，你现在跟阿类和阿友在一起啊？"

"对呀。"

我看着眼前含着热泪的弟弟，想象着母亲把芭蕉的俳句当炸弹携带在身，夜复一夜出没于别人房檐下的情景。

"那就正好啦。我有事情想要你问一下阿类，因为他肯定不会对妈说的。"

"什么事？"

此时，正好上厕所的阿类回来了。没完没了的问题堆积如山。只能说，自己长久以来忽视家人，今天一次性迎来了报应。我留下弟弟们，边讲电话边逛荡着走到店外。

"妈，我听着呢，"我鼓动母亲说，"您尽管说吧。"

"那个呀，阿类他呀，不是还在生妈妈的气吧？"

"是阿……阿类吗？"

"前不久的星期天，妈妈跟阿类吵架啦，两个人都吼起来了。因为阿类总在家里游手好闲啊……本来只是发发牢骚。这个阿类呀，把妈买的欧洲甜玉米冰淇淋一整盒——只用了一天哦，一个人全干掉了！于是争吵之间不知不觉二人都冒火了。因为阿类说得太过分，妈妈最后也被惹毛了，说他'都这把年纪了，还像个高中生似的赖在家里，学学你姐赶紧独立吧！'阿类满脸通红跑出了门……我感觉说过了头，他回来时我道了歉，不过从那以后，他就一副心不在焉的样子……哎，姐姐，是妈妈说过头了吗？道歉方式不对头？"

"那个呀……那个……妈。"

"妈妈面对阿类时，又会乱说话。所以我在想，是不是写封信好一点，怎么都没弄妥……这样子，是不是挺别扭？"

"妈妈，这件事……"

"不过阿友不在，还算好。要是两个人一起攻击我，妈妈肯定怕死了。阿友那天好像是去了医院吧。他说在单位被传染了奇怪的病毒，现在仍时常跑医院。那孩子从小免疫系统就差。"

我隔着咖啡店的自动门，注视着坐在长桌前的弟弟们。他们都默默端着纸杯，担心地望着这边。

"所以呢，你就不动声色地问一下阿类，还生妈妈的气吗？而如果他还生气，你就说'妈妈也觉得抱歉，可你也有问题，彼此都改改吧'，好吗？因为大家都愿意听你的。哎，姐姐，靠你啦。"

"明白啦，妈妈。"

我挂掉电话，返回弟弟们处。我打算一边喝咖啡，一边好好想想：先跟谁谈，谈什么，不要弄错了次序……这时，手机又振动起来了。是办公室的富士先生打来的。

"你现在在哪里？聚餐是七点，大家已经出发了。"

"不好意思，我马上过去，不好意思。"我一边致歉一边挂断电话，阿类说话了：

"哎，姐姐，你是不是有点过劳啊？"

"对呀，姐姐脸色不好呢。"

应该是吧，我有点过度工作，脸色当然不佳。"姐姐，别丢下我们呀。"可能的话，我好想立刻就逃离这里。"姐姐，帮帮我们吧。"我好想逃避一切问题，踏上遥远的南国旅途。"姐姐，别当作不知道呀。"然后埋身于温暖的大地，毫无痕迹地融掉。"姐姐，别一个人独自开心呀。"啊啊、姐姐、姐姐、姐姐……

"姐姐，加油加油！"

我对齐声送别的弟弟们说：

"这个周日我回家。"

说完，我离开了咖啡店。

也许在下个周日前，父亲就会跟年轻情人私奔、小的弟弟就会遭遇人生挫折、母亲向邻居家邮箱扔危险品、大的弟弟又吃掉一盒冰淇淋。不过周日——到了周日阿姐我绝对搞定一切。所以，好歹在此之前，希望将自己埋入梦幻之地的甜美和温暖之中！希望能小小地出走一段时间——在一个没有电话、没有汽车、没有报纸的世界里！

胸兜里的手机又振动起来了。

"你还磨蹭什么呀，大家都落座啦！赶紧跑过来！"

老板娘的漂流时代

"好，这下子都到齐啦？我说最后来的你啊，怎么那样子慌慌张张地冲进来呢？都已经七点过十分了。今天就宽大处理啦，作为本公司的员工，得保持一种从容优雅的姿态，做事情要在时间上留有充分余地才行。难道你平时也是这么风风火火地去见客户的吗？好，不必辩解了，坐下吧，端起香槟酒杯！"

"各位，今天工作了一天，大家都辛苦啦！感谢今年各位也在百忙中为了社长聚集在这里。我是社长的内人光子，很冒昧地提议大家干杯。承蒙大家关照，社长这一年没有什么大失误，得以在今天平安地迎来了六十三岁。一年前大家在这里为他庆生聚餐的场景还恍如昨日，但回溯两年前、三年前，甚至是十年前的庆生宴，我也是站在这里，说同样的话。想到这一点，十年前的一切，简直就是春夜的一场梦……对吧，社长？"

"二十八年前，我们创建了这家公司。创业之初，员工就我一人，而现在已经变成这样的一个大家庭了。各位情同手足、齐心努力，业务稳健推进，但随着国际化时代的到来，人们的价值观和心思时时刻刻在变化，与其他许多行业一样，本行业也难说前途明朗。但是，如果只想着阴暗的一面，就什么都开展不了了。虽说前途莫测，但若是大家携手并肩，应该也能在这个瞬息万变的时代中有所成就吧？我希望各位在每天的工作中，经常认真地自问自答。为此，希望大家今天在这家法国式西餐厅尽情享用、养精蓄锐。前菜嘛，当然是每年一次的乐趣——预先就点好了的海胆奶酪烤菜啦。主菜从肉和鱼各选一种。——嘿，吃不了这么多？你说只要其中一种就行了？你说什么呀，鱼和肉都要吃，好好犒劳一下胃吧！"

"肉和鱼都吃过之后，接下来当然是甜品。甜品下肚后，由咖啡或红茶来收尾。在本日的宴会上，务请大家完成这些步骤。生命力存在于胃酸。大量分泌优质胃酸的话，身心自然就会充满力量。社长也好我也好，每日三餐都是精心搭配、充分进食。尤其是每天都必须有两百毫升的纯豆乳、应季水果、三十克的海藻类。还有，傍晚也必定散步三十分钟。尽管如此，年岁不饶人，在散步的中途、夕阳迟迟的街头，也会突然发生驻足发起呆来的情况。这时候一想到胃里还在慢慢分泌的胃酸，就精神起来了。与之相反，你们还很年轻，这么年轻却显得疲惫不堪，这是为什么呢？因为工作了一天吗？遭遇了无法挽回的失败吗？还是私生活上有操心的事情？尤其是迟到了的你。"

"看外表的话，这里头最年轻的是你，对吧？二十多？不是。那就是三十多——三十五左右？那就是第二个厄运年过去不久吧。哦，你不懂？不行呀。在厄运年里，得亲自前往某个地方，请人消灾，否则会给家人或者公司带来麻烦。女性会在三十多岁时遇到两次厄运年，前厄、本厄、后厄，各重复两次，所以说女人三十多岁时几乎都在厄运中度过。明年你一定要在换季时去神社佛寺求一个签啦。我在你这个年龄也是忙工作，根本没有时间去驱邪消灾。不过原本我的厄运年就很特别，二十岁左右的时候就过去了，也有这样的情况。那几年我真是名副其实地生活在黑暗之中。"

"在黑暗来临之前，是光明的时代。我走的路总是阳光灿烂，即便是下雨的日子，我一出门，天就会放晴，麻雀、鸽子在我头顶上飞来飞去。说来这么自夸有点不合适：我是个很聪明的孩子。"

"虽然我上的是乡下的小学，但语文也好算术也好，只要听老师讲，再翻翻教材划划线，每回考试我都几乎满分。上了初中，学习内容难了，我发现迄今的简单办法行不通了。为应付定期考试，我自创了各科的学习方法，根据方法来学习。随着学习方法的精进，我又能拿到几乎满分的分数了。我觉得，那些分数并不意味着我头脑优秀，只能说明我的学习方法多么合适，是对我的学习方法的评价而已。也就是说，厉害的不是我，而是我自创的学习方法。噢，这是挺难得的认识吧？因此，对考试结果时喜时忧的本班同学，我根本不在乎，我只对自己的慧眼颇为自得。然而众所周知，学习好的孩子往往会被冠以种种讨厌的名堂。什么'优等生'啦、'死读书'啦。我不想接受任何人的干涉和批评，只想一心归纳总结自己的学习方法而已，却发现若要将这个想法贯彻到毕业，要么会令人避之不及，要么会被人取笑，二者必居其一，都会让我在学校过得很艰难。我想，既然这样，我就做'死读书'吧。因为若要做'优等生'，则要当班干、班委，上课时要积极发言。做'优等生'有光环，做'死读书'就处于黑暗中了。我自愿选择处于黑暗之中，与头顶光环的同学们保持距离，而与同在黑暗中的人也不交谈……尽管如此，我独自面对桌子精进学习方法时，心里充满了愉悦。实际上，我走的路总是阳光灿烂，即便是下雨的日子，我一出门，天就放晴，麻雀、鸽子会在我头顶上飞来飞去。"

"转折的到来，是在高中三年级的时候。在迄今苦心钻研自创的学习方法的集大成之日、最能体现其真正价值的那一天……也就是高考那天的早晨，我睡过头了。"

"我不明白，自己身上究竟发生了什么事情？醒来看看身边的手表，比预定起床时间晚了两个小时。我在被窝里怔怔地盯着表盘看。妈妈，为什么不叫醒我？——我想喊，但感觉咽喉黏糊糊的，被堵住了，喊出来的是'噢噢噢'，像呕吐的声音。妈妈说，她在我说的时间里喊了我两三回，但我就是醒不了，所以妈妈认为弄错了叫醒我的时间……我虽然设定了闹钟，但似乎是我自己把响了的铃声按停，又睡了过去。因为睡过点的打击，我那天哭了一整天。说起来，因为经济原因，我只向那所大学提交了申请书。我太自信必定会及格了！可我怎么哭，过去了的时间也回不来了。我重新振作起来，高中毕业之后，也不上补习班，关起门来专注地精进自己的学习方法。伏案学习之间偶尔抬头看看窗外，外面大多是阴天或者下雨。一年之后，我又报了同一所大学，而高考之日的早上，我又睡过了头。"

"我只能认为是被诅咒了。总结一年前的经验教训，我设置了两个闹钟，给母亲和父亲各写了一张'七点钟叫醒我'的字条。但是，一个闹钟半夜里电池电量耗完，表盘指针停在三点五十六分。另一个闹钟似乎与去年一样，被我自己按停了铃声。受托的父母和我一样睡过了头。父亲也好母亲也好，没有对痛哭不已的女儿说一句道歉的话。他们挺不痛快的，说，这只能说明你跟大学没有缘分，肯定是祖先在劝告你别上大学了，诸如此类。"

"从那年四月起，我下了决心，花一个半小时搭电车，到东京都内一家小小的英语学校学习。这所学校的入学考试是下午两点钟起，不必担心会睡过头。上学期间，我早上在镇上的面包店打工，傍晚开始在东京都的弹子机店打工，挣取学费。即便周末也都是学习或者打工。偶尔想散散步，大抵都会遇上下雨。在来回的电车上，我常常或站或坐就闭眼睡着了。每次因车子震动醒来，看着昏暗的车窗，往往会陷入错觉，仿佛好几年没见蓝天了。我每天早上五点钟起床，晚上钻被窝已是凌晨一点。完全没有工夫玩。"

"就这样，我好不容易从学校毕业，在一家小出版社就职了。出版社的业务就是承包海外学术书的翻译出版。不过，大约过了半年，我适应了工作，索性就离开老家，在市内一所小公寓租了一个房间，终于开始走上了社会人的生活轨道……有一天，我时隔许久又一次睡过了头。"

"最初上司也笑着原谅了我。他对中午之后才到公司、鞠躬请求原谅的我说：'谁都有过糟糕的事情。'温和地安慰了我。我起誓说，再也不会发生这样的事情，得以平安无事。但言犹在耳，三天后，我又睡过了头。而第二天、第三天也是。"

"这么一来，上司也不可能笑着原谅我了。我被叫到另一间办公室，询问是否身体有毛病。当时，上司不是坐在我对面，而是在我旁边，他轻轻握住我的手。我不作声，上司就使狠劲握我的手，所以我觉得如果睡过头就要被这样惩罚，我非得克服这个毛病不可。我请求辞职，以便调理身体。这回上司松开了我的手，伸手来摸我的大腿，所以我站起来，逃出办公室。收拾好桌面后就离开了办公室。"

"每当人生即将有个好开头、未来即将打开下一扇门时，自己就必定睡过头。我诅咒自己的命运。为什么要睡过头？高考时，是过度的压力触发身体的防御反应让我睡过头了。做职场新人时连续睡过头，也是在适应城市生活的过程中发生的暂时性拒绝反应吧。再坚持一下，也许就能过上普通上班族的生活了。不过，往事不可追啊。

"我一边遗憾不已，一边斟酌上司怀疑我有病的话，离开公司就直接去了最近的心理治疗内科就诊。因为睡过了头和辞职的打击，我感觉自己陷入了轻度抑郁状态，但等了好久才轮到我，而且医生清楚地告知，你只是疲倦了而已。我的疑问完全不被理会，医生只强调一点：先要睡好，然后给我开了安眠药，可我对医生的骄横态度很生气，没去药店买药。

"外头下着雨。在最后一班通勤电车的摇晃之下，我得出了结论：迄今睡过头导致的失败，都不是自己的过错，纯粹是方法上有问题。是做法不妥。有更好的方法的。学校的考试也一样，任何结果都是对于方法的评价，而不是对自己的评价。

"回到家，我马上往从不整理的床上一滚，躺倒不干了。醒来已是翌日过午。"

"数一数时间，我似乎足足睡了十九个小时。起床时，口腔里干巴巴的，隔十九个小时的小便，颜色浓烈如焙茶，被子吸了汗水潮乎乎的。外头仍下着雨。因为饿得要命，我从冰箱里取出一袋面包，全部烤了吃掉，什么都没涂抹。因为不必上班，不洗脸、不换衣服也行。这么一来就无事可干，所以拼命回想做过的梦，用解梦书查阅含义。在梦中，我不知何故去意大利留学了。入住家庭的男主人来车站接我，领我去的家是机械人偶之家。家里的暗门后面有游泳池，阁楼有马，柱子是意大利面做的。解梦书上只有'外国''游泳池''马'几个条目，据此可知，'外国'代表旺盛的挑战精神、'游泳池'代表清澈透明的感情、'马'代表精神上和肉体上的能量。多么好的梦！我心情振奋，开始认真考虑用怎样的方法摆脱这种状况。为了回归社会，首先必须解决睡眠问题。一切都是方法——只要想出好方法，就能一切顺利。思考得头疼起来，我便服用了头疼药，再次躺在被窝里，希望睡着以免头疼，但由于睡太多了，睡意全无。看来还是应该按照心理治疗内科的处方买药回来的，但后悔已经迟了。外面倾盆大雨，也丝毫没有外出的心思。听着雨声，我不知不觉中睡着了。"

"从翌日起，我从早到晚一整天睡了吃、吃了睡，开始了懒惰的生活。不可思议的是，如此懒惰度日之中，竟然形成了懒惰的生活节奏。起床已过下午三点，心血来潮便去马上要闭馆的图书馆，阅读报纸杂志，甚至会喂一下野猫。然后到闹市区买回晚饭食材，做了吃掉。这样的日子一直持续着。我喂野猫时，不时有一位老奶奶摇摇晃晃走近来，每次都会唠叨我两句'你被井里的幽灵抓住肩膀啦！得好好活着，别光睡觉！'之类的。的确，那阵子不管睡着还是醒着，总感觉肩部沉重，我以为就是睡太多了，血液循环不好。如果像老奶奶说的那样，是井里的幽灵作怪，那我的罪恶感也会少一点。那天就寝是凌晨三点钟，然后睡了十二个小时醒来。时值冬季，我醒来后还有两个小时天黑。但刚醒来的那两个小时，我除了喝咖啡，没心思做其他任何事情。难道我这一生直到死都看不到蓝天了吗？这样的念头几度冒出来。我想过是否再去看看心理治疗内科，但听得见内心里有一个声音说'**那个方法不对**'，于是怎么也提不起劲。"

"有一次，我在图书馆的周刊杂志上读到一篇很有意思的文章。那是一名美国医生的故事，他研究孩子的成长。他说，成长期孩子的体内时钟比大人要晚两个小时。据说青春期的孩子早上磨磨蹭蹭，就是因为这个原因。他介绍了一个例子：俄勒冈州的女高中生安·巴哈曼怎么也不能在定好的时间起床。她在强有力的体内时钟的影响下，成为迟到的惯犯，因无法忍受周围的责备目光，甚至丧失了学习意愿，拒绝上学。然而，当巴哈曼转学至上午十一点开始上课的学校后，她重新有了学习意愿，成绩明显提高，考上大学并最终拿下生物学博士学位。现在她是一位杰出的理科教师，且是两个成长期孩子的母亲。"

"读了这个故事，我振奋地想：没准我正处于第二个成长期呢。回顾一下，最初高考睡过头，也正是晚了两个小时！这个美国人写得很有真实感，我一字一句重读了这篇报道。然后侧耳倾听自己身体某处的体内时钟的走针声。我确信只要能控制这个时钟，就能解决睡眠问题。归途中我就开始考虑控制的方法了。假定一般人的体内时钟是早上七点钟醒来，与之相比，我此时的时钟迟了八个小时。不是两个小时，而是八个小时，是成长期的四倍。为了重新适应早上型的社会以生存下去，将下午三点醒来的闹钟调整为上午七点钟醒来即可。报道里的美国医生还说，人类的体内时钟若置之不理，会自然地推迟，人会一不小心就容易变成晚上型，就是因为这个缘故。于是我灵光一闪：体内时钟的指针并不是急速移动的，那我利用这种自然的推迟，一点一点把闹钟前移不就行了。也就是说，就寝时间一个小时一个小时往后延，起床时间也会一个小时一个小时后延。今天四点钟就寝的话，明天能睡到五点，五点钟起床……这样反复下去，十六天之后，夜晚七点就寝，自然就应该早上七点钟醒过来了。"

"于是，我就每天一个小时地将就寝时间推后。计划进展顺利。我简直就是驾着被褥的独木舟，在表盘上一格一格向前划行。独木舟日渐进至五、进至六、进至七……在再次回到七之前，划桨不能停。这一阵子的我，仿佛为睡觉而醒着。若醒着时寂寞袭来，我就打开世界地图，与时钟对照着，看与我共处于一个时间段生活的人们——苏联的部分地区、埃及、刚果、博茨瓦纳、赞比亚、津巴布韦、南非等等，以排解孤独。而一旦入睡，就连梦也不做了。终于进至三点出发，有了成就感。我白天三点睡下，凌晨三点起床。完美实现了日夜颠倒。还有四天，还有四天就能抵达终点！到了那个心心念念的七点就醒的早上，我心中涌现出无尽的安心感，泪水滂沱。打开窗帘，眼前是盼望已久的灿烂早晨，是十多岁时视为理所应当的、令人怀念的清早好光景。就这样，我终于与被褥的独木舟分手，登陆、登陆了！我抑制不住满心欢喜，洗脸化妆之后，穿上上班族时代爱穿的西服套装，漫无目标地跑到阳光明媚的大街上。"

"人们在上班。院子里晾晒着衣物。孩子们在上学。电车穿梭着。麻雀在空中飞翔。湛蓝的天空没有一丝云彩。"

"我得到了自信：终于可以重返社会了。我在书店买来招聘杂志和空白履历书，在附近的咖啡馆坐了一整天，读了招聘栏目，填写了十份履历书。感觉十分充实。当我做完一切打算为自己庆贺一下，最后一次要求续杯时，店老板困惑地走过来说，已经关门了。我一看表，已经过了八点十五分。我慌忙回家，匆匆更衣后钻进被窝。为了真正重归社会，我必须将'八点睡八点起'的节奏切实固定在自己的体内时钟上。然而，也许是由于稀罕的充实感作祟，我闭上眼睛依然难以抑制住兴奋，总睡不好。在焦急中，我不知不觉睡着了，翌日醒来时，是早上九点。"

"也就是说，我一旦划起独木舟，就下不来了。将睡眠时间往后推一个小时的节奏，不知不觉中固定在我的体内时钟上了。九点钟起床的那一天，自然就寝就成了十点；第二天起床便是十点……这么一来，我就必须再次划起被褥的独木舟，在表盘上一格一格往前走了。独木舟进至十二、进至一、进至二……即便再次返回出发点三，也没有停留，翌日进至四，再过一天进至五，不断地前进。然后不知在表盘上转过了多少圈，中途也懒得去数了。季节由春到夏、由夏至秋，再到冬季……期间我独自一人不停地划着独木舟。醒着时辨认世界地图的经线，想象着与我共处于一个时间段的世界各国人民。"

　　"我觉得我已经脱离了正确的时间了，完全无法纠正。我完全弄错了方法。我是个孤独的、时间的漂流者。我再怎么划船，也靠不了岸。眼中的一切，就像是隔着一层雾，朦朦胧胧。目光突然落在脚下，阳光时代的记忆在水底下晃动。一时之间，我弄不清自己是睡是醒。我哪里也待不住、哪里也去不了，我必须想出好办法摆脱这种状况，但我想不出。哪里也待不住、哪里也去不了……可我只能照旧划桨，仍然独自漂流在时间的海洋——有一天，一阵巨大的轰鸣声和冲击，突如其来地打破了我漫长的沉睡。"

"我醒来时，发现墙壁上开了个大洞，一个陌生的货车头撞进了房间里，动弹不得。墙洞的缝隙吹进来冷飕飕的风，我的下半身被倒下的西服柜压住了。'出事故啦！''出事故啦！'听见远处传来喊声。我当时租住的房子位于一条路分岔的路口上，用英文字母 Y 来比喻的话，就是在三条线的交汇点上。我的房间在面向道路的朝南的一楼。肯定是因为从路上驶来的货车司机打盹儿什么的，车子冲过围栏撞进了房间。我手脚麻痹，动弹不得。出事了、出大事了！这下子独木舟终于遇难失事，触礁沉没了。我的体内时钟将在数分钟后停止，漫长的孤独旅行终于要结束了……就在我这样放下心来时，有人喊叫着，狠狠拍打我的脸颊：'挺住啊！不能闭眼！！'我吓了一跳，察觉到有人在拼命挪开压住我的西服柜。当西服柜被挪开一半，有了空隙时，那个人伸手到我胁下，一下子将我从潮乎乎的温暖被窝里抱了出来。那一瞬间，我不但脱离了被窝，也脱离了时间的海洋。发生事故时正好路过、从瓦砾中救下了我的人，正是那位时不时警告我'被井里的幽灵抓住了'的老奶奶。她力气大得完全不像一位老人。她后来告诉我，头一天的晚上她梦见祖先站在她枕边，告诉她瓦砾里头藏着价值千年不衰的珍宝。后来我跟老奶奶的儿子结了婚。他就是这位社长。"

"就这样，我挣脱了黑暗时代，在婆婆的援助下，夫妇二人齐心合力创业，走过了二十八年的历史。今后将迎来瞬息万变的信息化社会、要做体验型休闲娱乐产业、要不断追加超出同类的附加价值，这些都是婆婆给我的建议。婆婆是我的救命恩人，她在十六年前辞世了。在婆婆替我校正的准确时间之下，我得以变得脚踏实地，现在仍充分利用着时间。黑暗、痛苦的时代结束了。尽管如此，假如没有二十出头那时吃的苦，我就不会遇上社长，也就不会像今天这样在大家面前说话了吧。正因为有那个低迷的时代，才有今天的我。所以，绝对没有任何事情是对人生毫无意义的，此刻，我想大声向各位传达的就是这一点……哎哎，那边的你——在听我说吗？你好像不大妥的样子……没事吧？慌慌张张跑过来的，对吧？做事情没有留够余地，就会有这种情况了嘛。虽说时间就是金钱，也不能被它愚弄了，时间可不是用来漂流旅行的。要切实把握好自己活着的时间，绝不能随波逐流，绝不能相信闹钟……哎哎，你真的没问题吧，脸色好差啊。去一下洗手间？——哦，海胆奶酪烤菜烧好了？——大家赶紧吃，别凉了。好的，既然这样，大家就来干杯吧。透过翻涌上来的香槟泡沫，我能够看见一个个永恒的时刻。来呀，为大家的健康……干杯！"

茉
莉
花

我中途退席，离开聚餐的西餐厅，独自来到夜晚的街上。

　　从喧嚣的大街转入细长如洞穴般的小巷子，再往里头走，来到更加晦暗的地方。越往前，道路越狭窄，路两边人们杂居的大楼似乎要朝我压下来。

　　白天的热气被驱赶到接近地表的地方，积存下来，使我的脚踝处变得沉重。餐馆后门口丢弃着好几个鼓鼓的白色垃圾袋，袋子下渗漏出液体。喷吐着油烟气的排气扇的那头，传出外国话的争吵。虽说位于这种人工建造物的峡谷底部，但只要闭目深吸一口气，仍可确切感受到季节的悄声问候。茉莉，是茉莉花的芬芳。某户人家的大门上垂下的盛开的茉莉花，正吐露着芬芳。从新绿丛中吹出、遍及城市各个角落的茉莉花的芬芳……人的鼻和眼睛由鼻泪管相通，茉莉花的香气通过这条鼻泪管进入至眼睛内侧。如果我睁开眼，视野里将会是茉莉花的颜色吗？

　　空调外机的阴暗处冲出两只硕鼠，跑过小巷。谁也踩不到它们，它们跑得笔直，仿佛沿着一条尺子画出来的线。

不知不觉中路又变宽了，人们的身影模模糊糊出现在昏暗之中。

　　对面走来的行人没有一个带着幸福的神情。我好想扳住错身而过的他或者她的肩头，请求他们：请用鼻子深呼吸，请嗅取这茉莉花的芬芳，这样的话，你立即就能幸福！然而，其实正相反。我丝毫没有闻到什么茉莉花香气。是我希望被所有错身而过的人扯住、摇晃，希望他们都恳求我说：请用鼻子深呼吸，请嗅取这茉莉花的芬芳，这样的话，你立即就能幸福。这样的话，你立即就能幸福。

　　"有茉莉花的香气。"

　　纤细的、如歌声般的女人声音。我止步回头，看见刚才出现老鼠的空调外机旁投下一个大大的黑影。

　　"看来要发生幸运的事情啊。"

　　笑声响亮。仿佛一只气球被从中间拧了一下，黑影一分为二。

　　"快走吧。"

　　同样身着黑 T 恤衫配牛仔裤的两名女子赶上来，走了。二人都背着一个小巧的背囊，肩挎一个黑乎乎的筒状物。一人短发，高个子，另一人是到锁骨的中长发，比前者略矮一点。她们越过我时带起的风，微微含着茉莉花的香气。我鼓起鼻翼。接下来的瞬间，从我胃的底部涌起一个特大的嗝儿，仿佛上百只牛蛙在咆哮。在西餐厅聚餐吃下的香槟和海胆奶酪烤菜混合着胃酸翻上喉头。

"你没事吧？"

我蹲着抬头，本应走过去了的两名女子俯视着我。

"你不舒服吗？"

短发女子用水瓶的盖子倒水递给我。我接过一口喝掉。水凉凉的。我又一连喝了两三口。

"你还喝吗？"

水瓶空了。长发女子跑走了，随即手拿相同的水瓶返回。我连道谢也忘了，不顾一切地喝起水来了。

"也许是脱水症吧。"

两名女子面面相觑。虽然发型不同，但她们清澈的眼神很相似。同款的 T 恤衫胸前有 Praesepe sisters 的 LOGO。原来是姐妹。谁是姐姐，谁是妹妹？

"要叫救护车吗？"

我摇摇头，想要站起来，但腰使不上劲。这时，Praesepe sisters 极自然地让我借助她们没挎东西的那侧肩头。

"我走走就好，没事的。"

我说着迈开了步子，但实际上几乎没动。只是被她们一左一右架着，脚尖在地面划了划而已。此刻呕吐后处于虚脱状态的我，比起体面，还是委身过路的善人会更舒服些。感觉我耷拉的脑袋后面，女人们的窃窃私语如微风吹过。我不知道她们在谈什么，不过，感觉好长时间以来，自己牵拉着漫步人生路时，身后总有这样的微风吹拂。

我就这样被架着走，两边的杂居大楼远去了，路人也绝迹了。安静。闭眼。又走了一会儿，变得有点儿热闹了。感觉左手边是一幢大建筑物，里头可容纳好多人。是工厂还是学校？睁眼一看，是公园。威化饼干似的大铁门里头，树影如山般高耸，不把头往后仰，根本看不到树顶。我姿势不自然，头没法后仰。所以看不到树顶。

二人进了大门，把我架进了公园里。

这条赤褐色的路维护良好，隔相同距离就有一盏路灯，与其说是道路，毋宁说更像是跑道或者保龄球滑道。跑步者的轻快脚步声接近来又远去。到了某个地方，二人离开道路，走入泥地，踩着齐膝高的杂草前行。吱——传来小小的声音。

"太好啦，没人。"

金属丝网门的里头，是一个小型棒球场。正方形的球场被高大的树木环绕，黑沉沉的。透过从树隙漏入的公园的灯光，好不容易才能隐约辨认出球场角落的长椅和记分牌。

我们进入球场的门在球场后方，似乎是二垒的边上。两个女人架着我，来到中央的投手板。她们停下，将行李和我一起从肩上卸下。我失去支撑，瘫倒在地上。铺沙子的运动场静悄悄的，感觉挺好。随即传来了沙沙声，我一看，二人正在地面铺一张郊游常用的那种彩色尼龙布。铺好之后，二人脱下脚上的凉鞋，放在四角压重。然后将我抬过来，让我躺在尼龙布上。

"你在那儿好好躺着吧。"

二人手不停，各自从自己的背囊取出油灯。然后打开背来的筒状包裹，在小油灯的照明之下，开始组装里面的东西。从一个筒里取出东西，组装起三脚架；另一个筒里取出小一圈的白色的筒，把它安装在三脚架上面。像是一架望远镜。这两个人恐怕是天文爱好者吧。二人的 T 恤衫后背，都印有三行小小的雕白文字：I am constant as the Northern Star, of whose true fixed and resting quality. There is no fellow in the firmament……我读着读着，感到目眩，就闭上了眼睛。

"我像北极星那样恒久不变，苍穹中没有哪颗星有它真正不变和静止的性质。"

我微微睁开眼睛，见短发女子把手按在我额头上。

"我引用的是莎士比亚在《尤利乌斯·恺撒》里的话，是我自己翻译的。这是这个世上我们最有共鸣的一句话。"

安装好的望远镜一头指向天空，另一头二人轮流

213

窥看。没轮到的时候就直接望向夜空。

"应该不要紧吧？"

"嗯，看样子没事。"

我也想看看她们在看的东西。我支起胳膊欠起上半身，终于可以跪立了，再借助二人的肩头站了起来。我用两手扶着目镜，战战兢兢要凑上去看时，一只手挡住了我的眼睛：

"等一下。你先用自己的眼睛看看吧。"

再次睁开眼时，眼前浮现出长发女子的脸孔。她指着夜空说道："就是那些树梢的顶上。你能看见那些小小的、模模糊糊的白色影子吗？"

我凝神望向她所说的方向。什么也没有看见。

"我什么也没有看见。"

"你不要立即放弃，忍耐一下，仔细看。"

我好一会儿凝神注目，但依然什么也看不见。

"不好意思，我视力不好。"

"那样子要失去种子的力了。"那女人眼神悲伤，嘀咕道，"那你过来这边看吧。"

我照吩咐再次挨近望远镜的目镜，只见漆黑的背景上，像撒沙子似的散布着无数明亮的小点，中心部分更是拥挤着亮闪闪的颗粒，简直就是天童抓了一大把发光糖果猛地扔出来了似的。我不由得离开镜头，要去查看另一边镜头是不是粘上什么了。看起来什么也没有，于是我再次窥看镜头。

"那是星团呀。"

我一回头，见两位女子站在一起微笑着。我用肉眼定定注视着望远镜指向的夜空。还是什么也看不见。于是再次窥看镜头。

"你看见的，"身后一个女人说道，"用十八世纪以后的称呼是'Praesepe 星团'，即梅西叶星表 M44，是位于巨蟹座的疏散星团，距离我们五百光年以上。那里有一百多颗年轻的星星因彼此间的引力拉拽，聚集在直径约十六光年的区域内。年龄约为七亿三千万岁。"

"春天夜空的一个地方总有弥漫的云气，"其中一人说道，"自古以来虔诚的人们都对它怀抱非同一般的畏惧之念。在古代中国，它被称为'积尸气'，认为是从死尸升起的妖气，很可怕。而古希腊的哲学家们同样将这团云气视为人的灵魂往来天上的出入口。"

我完全被镜头里闪耀的星星征服了。假如如此美丽的星星是人类灵魂的故乡，从明天开始，自己也能够活得更自豪、更有志向了吧。

"无聊的解释到此为止，我们喝吧！"

我的肩头被人扯住，拉离了望远镜。

我一看，二位女子不知何时已经更衣，从 T 恤衫配牛仔裤换成了麻质两件套。咦，也算不上是两件套，只是简单地用两块质地相同的布分别围住胸部和腰部而已。她们裸露的丰满身体在星光下显得晶莹亮白。

短发女子从背囊取出红色格纹的水瓶，往杯子里"咕噜咕噜"地倒入透明液体。长发女子接过她递上的杯子，喝一口，转给我。我不想喝，但她们定定地看着我，我只能往嘴里送。我本想装作喝的样子，将杯子抵到唇边，此时升起一阵沁人肺腑的茉莉花香，凉凉的液体触到上唇——我就喝了。有一点点甜，似乎含有很少的碳酸。好美味。我又喝了一口。根本停不下来。

"我还有好多呢。"

短发女子倾侧水瓶，又将空杯斟满。

"这是什么？"

"是用我家院子里的茉莉花制作的特制利口酒，兑了很淡的砂糖水。"

"是酒吗？"

"类似鸡尾酒，但利口酒几乎就是砂糖水，只是带有香气。"

二人微笑着说道，但我的心脏扑通扑通地跳。我是酒精过敏体质。无论喝什么，醉之前就会开始心跳剧烈，再硬喝的话，很快胃里的东西就会翻上来。不过，这种鸡尾酒太美味了，我要喝掉它。心跳剧烈的感觉很爽。每喝一口都仿佛陷入了初恋。

我脱掉短外套，只剩一件罩衫。

"心情变好了吧？"

也许是心理作用，感觉发问的女人们脸上体毛变得浓重。前额的汗毛几乎与眉毛相连。不仅脸上，就连刚才还亮白晶莹的胳膊和胸脯，仔细一看都开始覆盖上了浓密的毛。

"在这泥船似的世上，假如你想正经地生活，心情是会变坏的。"

女人说着，用覆盖了浓毛的胳膊搂着我的肩头。另一个也同样地从另一边搂着我。她们的鼻和颚变得外突，眼睛变得凹陷。头发与肩上体毛变得一样，我分辨不出哪一位是短发女人，哪一位不是。

"已经累坏了吧。"

二人温柔地轻摇我的肩头，像哄小孩一样。是醉意的缘故吧，我任凭她们摆布时，有一种感觉：被自己以外的生物如此温柔地摇晃身体的事情其实没有很遥远。没准儿我没有这些过路善人的好意，连今天一天也活不过去呢。没准儿我还是一个穿十一码裙子的柔弱婴儿呢。

"累坏了，对吧？"

"确实是的。"

我话一出口，泪水已止不住。

"确实好累。精疲力竭了。所有一切……所有一切都是。"

对吧，对吧……二人摇着我的肩头，让流泪的我喝酒。无论温暖多毛的手背怎么擦拭，我还是泪流不止。

"刚弄妥了一件事情，又来一件、两件甚至三件非做不可的事情，没个完。无论怎么努力都不够。所以，就在说没必要说的话、卷入没必要卷入的事情中，提前借用了未来的时间，因此，当下的'现在'就被人占据了。我真的累了。什么也做不了了。什么都不想做了。我想有一次寻找幸福的旅行。噢噢、噢噢。"

是哪张嘴说了这样的话？不可思议。可在动嘴巴的确是我。

女人们的体毛贴在我身上，我就像卷在一张毛毯里似的。我是被人抚摸着，还是被动物抚摸着，已经弄不清楚了。不过那已经无所谓了。我觉得对面黑暗的树丛开始沙沙摇晃，里面闪出一只长毛大狗来。它走近我，用热乎的舌头舔了一下我泪湿的脸颊。又觉得膝盖处痒痒的，一看，是一只银白色波斯猫。它用倒三角的脸和柔软的身体不停地蹭我，发出娇柔的叫声。比麻雀小一圈的鸟儿站在我右边鼓起的乳房上鸣啭。我坐着的尼龙布边上，祖母绿颜色的金龟子排成一列，亮闪闪的。我全身承受着生物的爱。这就好，这就好……

"做好本职工作，即便不走运，也孜孜不倦地继续努力。我们一直在等你——命运不济却仍为自然所祝福的人。"

我醒过来时，身体被温暖体毛包裹的感触已消失，围绕尼龙布的动物和昆虫也已经没有了。取而代之的是两只身子长长的、茶褐色老鼠似的动物，拘谨地团身坐在尼龙布边。

"抱歉，我们这副模样差不多有两亿年了……"对面右边的老鼠鼓动着小小的鼻翼，"变成你们的模样，是这阵子的事情。我们还没有习惯，所以稍一放松，就被打回到这里来了。"

我为了听清楚老鼠的声音，在尼龙布上伏下身子。

"刚才请您观看的 Praesepe 星团，那个星群放出的白色云气，古代的人们将之视为妖气或者灵魂出入口而感到恐惧。可并没有妖气那回事。灵魂出入口的看法，虽不算错，但那里能出却不能进。那里是生命的拦河坝似的东西。我们二人是在远古的从前，在地面生命的黎明时期被那拦河坝派遣来的。"

"最初的模样更不同了。"对面左边的老鼠原本一直沉默，此时发出了"吱吱吱"的老鼠叫声，"我们到来的七亿三千万年前，这个星球仿佛一个巨大的雪球，陆地也好，海洋也好，全都被冰冻住了。之前在地面扎下根的细菌和多细胞生物，因寒冷濒临灭绝。于是，我们受 Praesepe 的生命拦河坝的派遣，打开拦河坝的门，向这个濒死的星球放出生命。那成果就是寒武纪生命大爆发。是一个颇多收获的好时代。"

我又一口喝干手里被斟满的杯子。茉莉花的芬芳涌动在我全身，身体深处的所有凹陷处都开出了白色的花。心脏的狂跳达至最高峰。如果这就是醉，迄今漫长时间里都不知醉为何物，真是一个不可挽回的损失。我以前时不时会与说"活着太开心了"的人，或者以行动表示快乐的人失之交臂。我常常觉得不可思议：这是为什么呢？现在明白了：那些人只是醉了而已。

"一直以来，我们都充当着这地面上的生命看门人。也就是说，每次大的气候变动或天降陨石威胁这个星球的生命时，Praesepe 的拦河坝就会一点点开启了。较长时间打开大门的情况，曾有五次。尤其是发生于二叠纪的、前所未见的生物大灭绝。那时候实在太严重了。必须数百万年一直打开大门，直到生物多样性重新恢复过来为止。"

趁我陶醉之余略为闭目的空隙，两只老鼠变身为矮胖的七指生物，就像是剥去了甲壳的巨龟。覆盖全身的鳞和一口尖细的牙齿在星光下闪闪发光。

"需要我们打开 Praesepe 大门的时候，对于居住在这个星球的生命而言是一个悲剧的瞬间。但是，就算这块土地是含有毒素的荒地，只要看门人把门开着，就必有适合当时环境的生命诞生。没准儿那些生命跟你们外观完全不同，你们很难接受它们做伙伴。可毫无疑问它们也是生命。"

"我们最后开放大门，是在约两万年前的冰河期。说来，在人类开始掌握这个星球主权的数千年间，新的开门机会时时刻刻都在接近。尽管如此，我们垂垂老矣，无法再忍受长久以来亲近习惯了的这个星球变得四分五裂、遍体鳞伤。假如让这个星球受伤的不是以往的自然，而是人类的话，人类应当负责让它重生。背负这个任务的就是你。但你也没必要觉得太有压力。作为新生命的看门人，你要做的事情只有一个……请抬起头，看看与 Praesepe 星团相反方向的天空吧。在东面的低空看得见显眼的红色星球吧？是火星。"

确实看得见红色的星球。太阳系从里往外数第四颗惑星、约六七八天绕太阳一周的红锈色岩石星球……今晚会以中距离接近地球。

我再回头，两个生物再次改变了模样，现在是球潮虫被踩扁了、压成浴室地垫大小似的模样，趴伏在地面上。

"支配宇宙的重力，其影响会叠加起来……"

生物的中央呈放射状扩展的小小纹路，像手风琴的蛇腹式风箱一样，随着说话声音鼓起又凹陷。

"地球与火星接近，并且火星与 Praesepe 星团接近呈九十度角的晚上，Praesepe 的生命拦河坝会发挥最强的力量。你当了看门人，今后每当这三个天体成九十度的晚上，必须这样子确定星门的状态，监视大门是否在没必要开启的时候松动了。而一旦这个星球的生命濒临灭绝，有必要补充生命的时候，开启大门的时刻就到来了……就要实施本身的任务。"

"现在，所幸像这个望远镜一样高性能的文明利器颇有不少，所以实际工作中就大量使用这些方便的东西吧。那些有 LOGO 的 T 恤衫也是为了提高士气，从网上定做的。"

两个生物的一部分突然一皱，竖起一根尾巴似的东西。两条尾巴的尖端同时指一指摊开摆在尼龙布上的有 LOGO 的 T 恤衫。

"不带走了，你穿吧。对对，还有呢。"

像人竖起食指一样，尾巴变直了。

"关于门的开关，以往是利用自然的城寨、堡垒之类，像模像样进行的。现在简化了，用那边那个水瓶的内盖就行。卸下杯子部分的瓶盖，拧开内盖，Praesepe 的门就会朝地球开启。刚才为了给你看清楚，特地开关了好几次，所以明年这个星球的出生率将急剧上升。不单是人，野猫、野熊猫也将激增。所以，今后要更加注意经济，在各地大量建立保育园……除此之外，问题还堆积如山呢。"

"还有最后一点。请千万别忘记这个：Praesepe

门是单向通行的。也就是说，可从那边往这边补充生命，但多出来了不能送回去。调控错误时，就会发生大事情。这一点请充分注意。"

"好了，我们走吧。"

二生物同时身体震颤起来，把尾巴收回身上。在运动场的沙子上略微后退。——不对，是前进了吧？

"噢噢，事情还真不少哩。"

"可不是嘛。"

"可我们也是尽力而为啦。"

"可不是嘛。"

二生物的边缘相接，全身渗出了透明液体。仿佛在哭泣。我由得她们去哭。我想用这胳膊去拥抱她们，那形状却难以拥抱。所以我没那么做，只是在心里头做了。

眼看着她们的眼泪在运动场中央呈放射状扩展开来，沾到了尼龙布上。到了液体开始沾上我的小腿肚时，那液体跟水瓶的酒一样，微微散发出新绿时节盛开的茉莉花的芬芳。

"那就告辞了。"

浑身是泪的二生物再次竖起尾巴，开始左右蠕动。

"虽说是看门，却跟其他生命一样，一旦来到这里，就再也不能回到令人怀念的故乡。我们打算，就在这个星球保持着最丰富的多样性的美好旧时代，同

223

时也是我们最习惯、最亲切、感觉最舒适的时候，成为这星球的一部分，成为孕育新来生命的土壤。——大海在哪个方向？”

我凭直觉指了指大海的方向。二生物把尾巴朝向那方向，过了一会儿，唏唰、唏唰地卷动起沙子，笨拙地原地水平转动起来。准备好之后，再次将尾巴收回体内。

“那么，其他的就拜托啦。”

“只要这颗星球托付给你，你就是地面上唯一一个永远活着的人。所以，你已经没有必要预支未来的时间了。请你绝不要，绝不要屈服于这颗星球的命运以及你自己的命运！”

再见，再见。生物们身带黑黑的泪痕，越过运动场的沙地，朝大海的方向远去。

尼龙布变得湿淋淋的。留下的两件 T 恤衫不知不觉中变成了一件，只是尺码相应地大了一倍。

我仰望星空。我要从那白色的云气中，找寻托付给我的、一切生命的故乡。这时，众星突然激烈地闪烁起来。

运动场的灯光一齐亮起。

“喂，你呀，这里禁止夜间进入。”

我一回头，见铁丝网门前站着两个人，身挂写着“地区安全巡逻”的绿色布带。

我周围乱扔着舞蹈用品的宣传单子，都是我平时

装在公文包里带着出门的。特大号水瓶开着盖子倒
了，浸湿了叠在一起的宣传单和我的小腿肚。发亮的
二垒附近扔着我的短外套。短外套变大了一点。

是永远哦

从前有一位野原老师，她曾是我的舞蹈老师。

　　我小时候和父母、两个弟弟一起生活在一所独栋房子里，房子位于平整了大片芋田后开发的新城的北端。在步行得要走个把小时的小学校门，每年都有那么一两回，会站着一个新兴宗教的人，手里捧着一大叠印刷得五颜六色、挺有趣的小册子。因为走在前面的孩子悄悄向后边传：那些东西可不能拿！所以对传教人递上的小册子，孩子们只是斜眼瞄一下，谁也不接。但也有几个人或屈服于诱惑，或同情他一直遭到孩子们无视，或是为打发无聊的时间，或是出于破罐子破摔的逆反心理，无所谓地接过了小册子。而接了的孩子立即被周围的人避之唯恐不及，仿佛这人把两只手插进了满是病原菌的水盆里，又用这两只手端着满是病原菌的水盆似的。

　　不能接的东西上面，一定写了不可以读的东西。幼小的我总是努力让自己与那些不能读的东西、扰乱人心的东西保持距离，可有一天，当我反应过来时，已经接过了递过来的小册子。封面上画着一个穿白衣服站着的长头发女人，被玫瑰花环绕着。那女人像野原老师。

那是过了四岁生日没多久的时候。

我上了妈妈的车子，被带到超市旁一幢巨大的橡皮擦似的建筑物。懵懵然就被脱掉了裙子，穿上紧身衣裤和薄薄的短裤，扔进一个坐满了相同打扮的小孩子的小房间里。在透明玻璃墙的另一边，父母们排成一列，看着我们。此时，门口进来一个似乎从没见过的大个子女人，说：接下来，大家一起跳舞吧！放在地上的一台鲜红色的收录机随即放出难以忘怀的、噩梦般不稳的前奏。

> 印度的孩子都想做一个
> 王啊王啊印度王公……

之后每周的星期三，我都会来这个"PAPILLON"爵士舞蹈班学习。和第一次一样，每次开始上课时总会放关于印度王公的曲子。虽然每次听到前奏时我都不寒而栗，但我马上就喜欢上跳舞了。因为手脚合着旋律动起来时，一句话也不用说。

野原老师教学前儿童班"KIDS PAPILLON"，她高个子，长发，前凸后翘，只要往那儿一站，就像刚刚战胜了什么似的顾盼自雄，真有君临天下的气派。

老师喜欢涂橙色口红，穿白色厚紧身衣裤外加浅蓝色紧身衣，然后再穿和口红同色的橙色连帽卫衣。上课中大汗淋漓时，就脱下那件连帽卫衣，把长发扎成马尾。我总被她的感染力打动：原来成年女人应该这样子。周围的成年女人——母亲、幼儿园老师、附近的阿姨、亲戚的阿姨，谁都跟这位老师毫不相似。有时，周围的大人教育我说，你只要想，就有可能。我自己也觉得有道理，但我唯一觉得不可能的就是变成野原老师那样子。

　　野原老师一举一动都大大咧咧的，面对着一帮小毛孩开心得有点不自然，说起话来像独自在无人的体育馆里练发声。也许就因为这个理由，她在家长们中间以热心指导著称，据说不在工作室的时候，老师也作为女童子军的负责人活跃着。ONE AND TWO AND THERR AND FOUR, ONE AND TWO AND THERR AND FOUR……不过在我们这些孩子看来，她那良好的自我感觉和热心让我们害怕极了。

　　发怵的孩子们不知不觉就挤在一起缩手缩脚地跳，反倒突出了老师的精气神和大音量。她一看见缩着跳的孩子，马上就转到那孩子身后，抓住肩头，掰饼干似的把往里缩的肩胛骨打开，嘴里喊着："挺起来、挺起来！"有时，她不但教舞蹈动作，还让我们用整整一小时练习倒立或下腰，在教室里，除了专心致志地练习老师教的内容什么都不做。我因此而练出了一分钟纹丝不动的倒立。还可以由站立姿势身体向

后弯，一边下腰，一边蜘蛛似的在教室走几个来回。在家里孤独无聊时，我就把碍事的裙子塞进紧身衣裤或短裤里头，磨练这两个特技

有一天，在母亲陪同下走进教室时，见一位穿薰衣草色紧身衣的陌生女人在一个角落里绑鞋带。她苗条小巧，与野原老师的高大形象相差甚远。

"这是新老师。"

母亲这么说。我很惊讶，野原老师呢？母亲没答我，急急走近新老师，低头寒暄。新老师的声音比野原老师的声音低且小。她一笑，就跟捏扁了铝箔似的，"啪嚓"一下瘪了。

在回家的车上，母亲说野原老师辞掉了教师职务，结婚了。我问她跟谁结婚？妈妈答道"有钱人"。有钱人？对，有钱人，很有钱。

我马上认可了。野原老师就是跟"非常"和"厉害"这种词儿结缘的人。认识的人梦幻般地成了有钱人，我由衷为她感到高兴。我默默地驰骋想象：跟老师结婚的人，得有多高呢？娶一个顶天立地的女人做太太，也得是条顶天立地的汉子吧？一方面那么想，一方面心里头却清晰地浮现出另一个形象：野原老师身穿熟悉的紧身衣，身上首饰、戒指叮当响，与一位小个子、圆乎乎的大叔携手走着。在挥着手、优雅地漫步而来的野原老师身边，那位大叔一脸仓皇、大汗淋漓，两条小短腿像意大利面似的，走路都不听使唤。

后来我升了小学，校门口出现了新兴宗教的传教人。在接过来的宣传单上看见野原老师身影的那天，我回到家里，把宣传单的封面给妈妈看。

"这个人是谁？"

母亲正在暖炉上填写生活协会的订购单，她瞥了一眼，就认出来了：是野原老师。

我满足了，一边下腰，一边开始练习阅读倒过来的书。

野原老师的故事并没有到此为止。

野原老师突然重返"PAPILLON"爵士舞工作室。

距离接下宣传单的那天，并没有过去多少岁月。我打开教室门时，看见一部熟悉的鲜红色收录机坐镇地板中央。

"你好。"

站在收录机旁的老师，依旧自信满满，巍然耸立。

以往一起在野原老师班上学舞的同学们，在升小学的同时，也由"KIDS PAPILLON"班升上了"PETIT PAPILLON"班。话是这么说，因为有放弃的和新加入的，班上的老学员包括我在内也就三个人。小关志帆是其中一个，她正在教室一角练横劈叉，上身平贴在地板上。我走过去时，她只是抬起脸，眼中呈现以前老师掰开她肩膀时的既想放弃又在忍耐的神色。另一位老同学是中村诗织，她开门进来，一认出老师，那眼神马上也变得和小关志帆一样了。

"你好。"

看看对面一整块镜墙，镜里的我也跟二人的眼神一样。野原老师通过镜子对视上我，眯眼、露齿、颧骨上扬——放在普通人脸上，是即将绽开笑容的表情。

野原老师回来了。

升上"PETIT PAPILLON"班的我们已经无需父母陪伴，也不在教室里换衣服，而是在更衣室了。

老师重返岗位的第二周，我正在课前更衣，小关志帆走过来说：

"野原老师并不是结婚了，她一直在旅行。"

小关又说：

"老师现在是在父母家里生活呢。"

老师理应结婚，成为有钱人的。我觉得老师应该生活在城堡似的家里，把金银珠宝随意丢弃。那天，当教室的门打开，身穿舞蹈服的老师出现时，我感觉自己被背叛了。老师根本就不是有钱人，她还得来这里工作。

老师本人似乎毫不在意学生们及其家长传过些什么话。她泰然自若，尽管有三年的空白——岂止是三年，她仿佛十年前、一百年前、一千年前就一直在这里教舞蹈。橙色口红、白色厚紧身衣裤、浅蓝色紧身衣、与口红同色的橙红色连帽卫衣。跟三年前相比，我长高了二十多厘米，可老师却什么都没变。

"PETIT PAPILLON"班的课在每周三的十六点开始。我唯有周三放学后，不必一个人走一个小时路回家。母亲会开车来学校接我，然后花二十分钟送我去县道边上的舞蹈班。那幢白色建筑物我怎么看都看不惯，让我害怕。它的一楼是游泳学校，二楼就是"PAPILLON"爵士舞蹈班。公用的大堂里，有好几台Seventeen Ice的格力高雪糕巨型自动售货机，到处都聚集着孩子们，他们吃完了雪糕还要舔白色塑料棒，不舍得扔掉。

傍晚的停车场被家长们的车子停得满满的，妈妈把车停在旁边的Belc超市的停车场。自从野原老师回归以来，我在来上课的车子里总是拉肚子。虽然母亲说"你借用舞蹈班的洗手间吧"，但我不喜欢、我跟着为了免费停车进超市购物的妈妈，在超市的洗手间搞定。

有一天，我正在那洗手间的洗脸台洗手，一抬头愣住了。镜子里站着身穿宽松夹克衫的野原老师，她满脸通红。

之后，情况好像开始变化了。

在老师和我在超市的洗手间碰上的那天，以往一直是在大堂长椅上阅读杂志等我下课的母亲，提出利用等待的时间去看牙医。

妈妈确实说了，只是清除牙石，我下课前她就回来。可是，等我下了课换好衣服去大堂，妈妈还没回来。

　　大堂的长椅被吃雪糕的孩子们占领了，没地方坐。我提着空空的运动包，返回没有人的更衣室。我静静坐在长椅上，椅子两边紧挨着存物柜。我在思考在超市的洗手间遇见野原老师的事情。其实，上课时我也在想这件事。说实在的，被老师无视这件事，让我觉得被冷落了。当时，在镜子里目光相对的瞬间，跟老师打招呼就好了。为什么没有打招呼呢？要打招呼的话，说什么合适呢？我坐在长椅上一直在想。这时，更衣室的门打开了，手提红色收录机的野原老师发现了我。

　　"老师，您好。"

　　我马上打了招呼，这是我刚刚决定下来的、下次偶遇老师时最该说的话。可这里并不是洗手间，是舞蹈班的更衣室。十分钟之前，我刚跟老师说了再见。

　　"你妈妈呢？"

　　老师开着门，不进来也不走，站在那儿。

　　"去看牙医了"这话没说出口。跟老师两个人说话，这是头一次。

　　"什么时候回来？"

　　"她可能马上就到"这话回响在心里，却怎么也说不出口。

　　野原老师就那样看了我一会儿。我发现这里不能再待下去，便站了起来。我从推着门的老师腋下钻过，没触碰老师，想去外面。

"练习吧。"

老师领我到空无一人的舞蹈室。

过了镜墙，通道对面是嵌着玻璃的另一间舞蹈室，看得见初中生以上的"GRAND PAPILLON"班的孩子们在做伸臂动作。野原老师更换了收录机里面的磁带，播放起平时不放的钢琴演奏的古典音乐。老师坐在地板上，两腿分开，我也学着做。

"你擅长什么？"

老师突然问道。我迟疑了一下，站起来，身体原地向后倒，做了下腰的姿势，从教室一边走到另一边。结束后身体侧倒，转为面向老师。老师又问："还有呢？"个子更小的时候，能做到一分钟笔直的倒立，可现在十秒钟不到就失去了平衡，歪倒在地板上。

"还有呢？"

我向老师摇了摇头。没有其他擅长的东西了。

"你将来想做什么？"

老师问道。

"像刚才那样，不是用语言，而是用身体说试试。"

我不明白老师的话，坐在地板上没动。

"不用语言说话，全部由身体说试试。"

见我还是没动，老师走过来，抓住我的手腕，硬把我拉起来。

"没人看见，所以别害羞。什么话都不用说。老师猜猜看。——来吧！"

在对面贴玻璃的教室里，"GRAND PAPILLON"班的孩子们抬着腿跳舞。我背向那边，也不看墙上的镜子，笔直面向老师。然后我下了决心，用手抚着自己的头，仿佛那里有老师头上扎的马尾似的，触摸着看不见的头发。然后模拟老师巨大胸部的隆起，在自己胸前表现出两座山峰。然后又模拟老师又粗又长的腿，表示自己腰下长出了两根圆木。

像在洗手间偶遇时一样，老师的脸眼看着变得通红。我看看镜子，发现我的脸也一样变得通红。真想拔腿就逃。

"不好意思，牙医拖长了时间……"

门开了，闪着一口光洁牙齿的母亲进了舞蹈室。

我还没说再见，就在母亲的挟持下走出了房间。留下汗淋淋、满脸通红的老师一个人。

为了不再有那样的偶遇，我不再用超市的洗手间。我求母亲别在上课时去看牙医，母亲也那么做了。可老师并没有放过我。

上完了课，大家冲去更衣室时，老师大步迈入人群中，抓住要往后躲的我的双肩。这是表示"请留下"。最初每月只是一二次，不知不觉中成了每周的习惯。其他孩子看我的眼神也变了。因为时不时要留下来，我被视为很得老师欢心。大人之间似乎也说好了，无论迟了多久下课，母亲也从不因担心过来教室探问。

"我老是这么觉得，那张脸不是你的脸呀。"

第一次留下时，老师很明确地说。我看看墙壁上的镜子。那里映出的，正是我熟悉的自己的脸。有眼睛、耳朵、嘴巴、鼻子、眉毛，在什么都没有的地方有皮肤。我不明白她的意思。唯一知道的是，老师对这张脸上的某个地方印象不好。这一点让我很受伤。

"我老是觉得，你这孩子没有自己的脸。你的脸只是在模仿旁边的某个人而已。不单脸，身体也是。不过这是一种天赋，只要通过特训锻炼就行。从现在起，你就当老师在银行工作，而你来抢银行。不过，不能用嘴巴说话，要用身体和脸上表情来表现你是银行劫匪。明白吗？"

不等我回答，老师已经端坐，面对正面墙壁——老师成了银行职员了。

银行劫匪的故事，我在午间电视节目上看过电影。在银行里，持手枪的劫匪在窗口威胁坐着的职员，让职员交出保险柜的钱，拿了逃走。我在脑子里依次决定了动作，要照这样子动起手脚来，因此，差别也就是没有音乐而已，也许做起来跟舞蹈的设计动作没什么不同。

老师的沉默和凝视，使我成了现场唯一的人。没多久，我忍受不了什么也不做呆呆站着的状态，就鼓起勇气，开始向老师挥舞着看不见的手枪，把看不见的装钱的袋子向老师扔过去。这时，老师呈现出害怕的表情，打开身后看不见的保险柜，将看不见的钞票捆住，往看不见的袋子里装，然后用颤抖着的手递给我。我挥舞着手枪，向着看不见的门后退，在我认为是门的地方改变方向，全速逃走。我自己觉得表演得很成功。止步回头，老师仍旧坐在椅子上。

"可不是这样子就完了。"

留下来的时间就是这样度过的。

面包店师傅、警察、播音员、足球运动员、超市店员、巴士司机、法国人、相扑选手、厨师、总理大臣……我按要求每次扮演不同的人。虽然完全不明白"特训"是为了什么，但我为了能够完成老师的指示，用心观察起电视上、街面上出现的种种人物，在家里自己练习模仿人物。

在教室展示成果时，老师只是看，什么也不说。最初，老师根据我的角色，也会扮演角色参与进来，但后来就什么也没有了。只是看着我的发挥而已。

"最近野原老师的动静挺奇怪的""她以前不是那么偏心眼的人呀""好像跟主办人闹僵了""因为老师是艺术家气质""老师瘦一点就好了"——虽然我在课外听到了种种说法，但完全不以为意。我是容易热衷于某件事情的脾性。班里私下议论老师的孩子，都达不到老师要求的水准。可我入选了。被老师看中了。我产生了一点点自我感觉：在这个舞蹈班里，只有老

240

师和自己干着该干的事情。

然而，忠实于老师的要求，我就会发现：面包店师傅揉面团的姿势，跟按摩心脏的医生姿势大致一样；银行劫匪拿枪的姿势，跟摇旗子的裁判姿势大致一样；司机握方向盘时的姿势，跟挤奶的农家的姿势大致一样。也就是说，世上的有许多相似的动作。只要是模仿人——一个躯干加两条腿、两条胳膊，上面安一个脑袋——的动作，也许就免不了是相似的。无论如何努力，也许人跟人之间差不了多少。我发现了这一点，渐渐地就没有干劲了。这当然没有逃过老师的眼睛。

"怎么啦？"

开始"特训"后已过了半年。那天，我要做的角色是"观众"。

我坐在墙边的老师的正对面，模仿观众。模仿一个人神地看着在其眼前展开的有趣事情的人……模仿观众的我，与坐在跟前的老师一模一样。也许我并不是观众，而是在模仿老师吧。

"感觉无聊了？"

我默默地摇摇头。

"你光是那么坐着，不明白你在干什么吧。"

我鼓掌，想更像一名观众。我拍响手掌。不知何故老师也一起鼓掌，和我像一面对照的镜子。

"到此为止吧。"

老师摇头，用手做了一个劈砍的动作。我不由得也做了相同的劈砍动作。

　　"你发现了吗？现在，像你模仿老师一样，老师一直在这里模仿你呢。不仅仅是今天，上周、上上周也是，一直在模仿你。"

　　老师站起来，拉过椅子，近得几乎跟我膝盖相碰。我有不好的预感——那橙色的唇间，埋藏着许多会让我后悔听见的话吧。

　　"模仿着你时，老师会真切地回想起老师的小时候。"老师定定地看着我的眼睛，"老师回想起除了做老师，将来还有无限可能那阵子。老师曾想当一名宇航员，也曾想当一名法国人。可是老师只成了这样子的老师。尽管如此，现在想象自己成了宇航员的时候，老师现在的时间就停住了，也许被那个成为宇航员的时间接续上了，这个停止就被拉长到永远。也就是说，无限——老师活在了无限的时间里。"

　　老师身体前倾，两只手掌按在我凸起的膝盖上，仿佛用一个碗盖住钉子。我想逃，但老师的力量太强大了。

　　"哪怕是在这小小的膝盖里面，血管也纵横交错、无限复杂。知道吗？你小小的肚子里面的肠子上，长着细小的绒毛。那些绒毛上面，又长着更加细小的绒毛。所以，你小小的肚子里存在着无限的长度。不仅血管和肠子是无限的，就是你的存在也是这样。因为你这么个小人儿身上，有着你迄今见过的，有可能成为的面包店师傅、总理大臣、挤奶工等等的未来样子。你将今后要相遇的所有人的样子，都摄入自己身上，而你摄入的某人的样子上，又有他曾摄入的某人的样子，这某人又曾摄入他人的样子。于是，你身上就保存了无限的人的样子。因此，小小的你就不是一个人活着，而是作为无限的人的集合活着……"

我默默听着老师长长的独白。

老师肯定是情况不好。再待下去的话，感觉老师就会对我犯下某些不可挽回的错误。我想，如果老师不动手的话，那我也会动手的。所以，必须马上逃走。可是，对于那么真诚地、额头冒着汗、一脸悲痛地向我倾诉的大人的心声，我不能就这样熟视无睹。老师的话，我几乎都不能理解。可是，有一点我是明白的：老师是针对将来要发生的、我非知道不可的某些事情说的。老师的眼睛注视着我，她的眼睛跟某个人的眼睛一模一样。我确实见过。那是带着碎掉的饼干跳舞的孩子们的眼睛、是那些同时懂得放弃和忍耐的孩子们的眼睛。啪的一声，老师的眼睛裂了。

"老师，我可以回家了吗？"

于是，音乐再次响起。

那个周末，我们家外出旅行，我在海边小镇崴了脚，停了两个月舞蹈课。

时隔两个月推开舞蹈教室的门，只见一位穿薄荷色紧身衣的女士，正在一台崭新的 CD 播放器旁弯腰系鞋带。我上前说了自己的名字，低头致意说，请老师多指教。

下课后，小关志帆走过来说：

"野原老师决定到国外念大学了。"

志帆姑娘挺高兴，一副满意的样子。

"野原老师回来后，要当数学老师呢！"

结束了一天的事情，天色已暗，我低头走在悄无人影的回家的路上，回顾正消逝的、今天的时光。

多么漫长的一天啊。

可是，只要像这样子回顾今天，回顾今天发生的事，回顾自己在回顾今天发生的事时想起的事情，今天这一天，就会被延伸到永远。

没有结束。不知会持续到何时。我永远到不了家，我只能领着看不见身影的、无限的他人，一直走在这条小路上。

"你不可能回家的。因为会永远持续着。"

因为那天，野原老师按下了收录机按钮，就是这么说的。

"是永远哦。"

老师说。

青山七惠
踊る星座

ODORU SEIZA
BY Nanae AOYAMA
Copyright © 2017 Nanae AOYAMA
Original Japanese edition published by CHUOKORON-SHINSHA, INC.
All rights reserved.
Chinese(in Simplified character only)translation copyright © 2022 by Shanghai
Translation Publishing House
Chinese (in Simplified character only)translation rights arranged with
CHUOKORON-SHINSHA, INC. through Bardon-Chinese Media Agency,
Taipei.

图字：09 - 2022 - 0086 号

图书在版编目(CIP)数据

跳舞的星座／(日)青山七惠著；林青华译. —上
海：上海译文出版社，2022.11
（青山七惠作品系列）
ISBN 978 - 7 - 5327 - 9063 - 0

Ⅰ.①跳… Ⅱ.①青… ②林… Ⅲ.①中篇小说—日
本—现代 Ⅳ.①I313.45

中国版本图书馆 CIP 数据核字(2022)第 199958 号

跳舞的星座	[日]青山七惠 著	出版统筹 赵武平
踊る星座	林青华 译	责任编辑 缪伶超 许明珠
		装帧设计 尚燕平

上海译文出版社有限公司出版、发行
网址：www.yiwen.com.cn
201101 上海市闵行区号景路 159 弄 B 座
苏州市越洋印刷有限公司印刷

开本 850×1168 1/32 印张 7.75 插页 5 字数 89,000
2022 年 12 月第 1 版 2022 年 12 月第 1 次印刷

ISBN 978 - 7 - 5327 - 9063 - 0/I • 5635
定价：62.00 元